生命的滋味
UMAMI

〔墨〕莱娅·胡芙蕾莎 ———— 著

何雨珈 ————— 译

Laia Jufresa

海峡出版发行集团
海峡文艺出版社

献给托德，为了所有

如果诗歌真能逆时光之流道来，那它一定会的。

——卡罗尔·安·达菲[1]

1　卡罗尔·安·达菲（Carol Ann Duffy，1955— ），苏格兰优秀诗人。本书注释若无特殊说明，均为译者注。

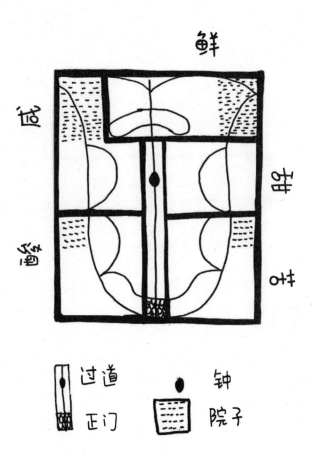

鲜

咸

甜

苦

酸

过道

正门

钟

院子

目　录

I

"一块农地。"我说。

我站在餐厅里自己的椅子上说："一块正经的、传统的农地。种上玉米、豆子和南瓜，我可以自己种，就种在野餐桌旁边。"

我伸出双手，在空气中画了好大一个圆，宣布说："就像我的祖先们。"

我们三个透过推拉门，看着野餐桌"定居"的那个院子。很久以前那张桌子可以折叠，方便携带。两边的凳子可以插入桌面下的凹槽里，就像乌龟把脚缩进壳里，桌子整个变形成一个规规整整的铝制旅行箱。那样的日子是再也没有啦。桌子说不定还能折起来，但现在好像没人特别喜欢野餐了。桌子周围只有灰色的水泥地（那种脏兮兮的灰色），一溜儿花盆，里面都是干土，还有一些枯死的灌木和一个破掉的水桶。那是个毫无色彩的城里院子。如果你发现了什么绿色的东西，那肯定是苔藓；红色的呢，肯定是铁锈啦！

　　"还要种香料，"我跟他俩说，"欧芹、芫荽、绿番茄，还有辣椒，我们请人到家里来吃饭的时候，爸爸可以拿来做那种绿莎莎酱[1]。"

　　爸爸马上就表示赞成我的想法，还要我再种一些他有次去加利福尼亚旅游时吃到的那种一串串的小番茄。但本来应该很喜欢植物的妈妈却一点也不感冒。我还没来得及从椅子上下来，她就回房间了，三天以后才同意我的提议。我们在一张纸巾上写下了完整的协议，然后签了字，条款只做了个小小的改动，好满足妈妈这个美

1　Salsa，墨西哥菜肴中常用的烹调和佐餐酱料，一般由辣椒和番茄制成。也译作"萨尔萨酱"。

国佬的敏感神经："农地上会有一些草。"你要说是"农地加花园"也行。我们这个小小的地方名叫"钟落小院"[1]，耕种农地算是历史传统了。我不是第一个吃螃蟹的人。不过，不管怎么说，现在是要正式开干了。"因为要耕地、种菜和照料植物，安娜不用去夏令营，可以在家过暑假。"

"在我自己的家。"我还想补充这么一句。这句话是不是在说，家里的房租是我在交？别的人可能会这么看。但我爸妈不会。他们可是公平交易的忠实支持者。公平交易，还有大自然。妈妈在湖边长大，总会很惆怅地回忆童年时的蜻蜓。

在妈妈心里，能去参加夏令营等于享受好条件的童年。但我们家的"夏令营"只不过是个代名词，意思就是我和弟弟妹妹去她继母艾玛外婆那里住两个月，在野草之间游泳，往屋子边湖上的鸭子身上扔鹅卵石。妈妈觉得，只有热情投入这些活动，才能练就健康的体质；就像每天喝一杯牛奶，在鸟叫声中醒来。她在墨西哥城

1　原文是"mews"，指的是一些城市中过去用作马厩，后来改建用来住人的地方。

将我们养大，却并不希望我们变成那种城里孩子，但我们就是啊！她在这里住了二十年了，头上还总是绑着一块嬉皮头巾：别的外国人都是在窗户上挂自己国家的国旗，而这块头巾就是她的国旗。"无根之人"，有客人来的时候，妈妈总是这么说自己，她喝着红酒，牙齿和舌头都开始变黑。小时候，我总会想象细细的根须从她脚下生长出来，把土弄得满床都是。

"新教徒"，这是妈妈对自己的另一个称呼。说到这个词的时候，她一定还会做个手势，手腕慢慢地甩一下，就像用手行礼，既是自卫，也是自嘲。我们家人与家人之间，单是这个手势，就已经代表了"新教徒"的意思。我们总是做这个手势来嘲笑妈妈"神经过敏"：事情要做得一丝不苟；必须特别守时。谁那样一甩手腕，就好像拂掉了墨西哥天主教那看不见的蜘蛛网。要么意思就是"该去机场啦，虽然还很早"。不管是谁做"甩手"这个动作，我们都会把它解读成"看哪，这就是新教徒的道德规范"。

说实话，她童年时的那汪湖水旁边，现在都有家沃尔玛了。但你要提起这茬儿可就太没有眼力见儿了。别提这个，也别建议她和艾玛一起去逛逛。妈妈好像忘了，把自己"连根拔起"这事，是她自己干出来的啊！有时候我还觉得自己应该学她的样子，收拾好东西，只等满十四岁的那一刻，马上走出这个门儿。但我不会，因为那就让她太高兴了：大女儿步了她的后尘。我们家的人肯定会这么说，绝对的。妈妈歪曲事实歪曲得理直气壮又逻辑严密，就像她拧的拖把和给我们叠的衣服那么完美无瑕。我看过她十五岁时的照片，双腿之间立着一把大提琴，脚上没穿鞋。那样子的女孩要玩儿消失很容易。一下子就飘起来，飘走了。我一坐下，大腿就靠在一起，裤腰之间、椅子上，要么就是我嘴里，总会有什么东西喷出来。要说节奏感、韵律感，我简直是无药可救。冒险也一样。我怀疑，就算有一天我能离家出走，最后还是得乖乖回来。

现在，我们有了两大袋"优化"土。园艺中心的主人跟我说，我们的土，就是院子里本来有的那些，是长不了什么东西的。他告诉我们，这些土都被铅给污染了，还跟我们说，整个瓜特穆斯、整个贝尼托·胡亚雷斯以及整个市中心，每公斤土壤当中就有一千三百微克铅。我也不知道该不该相信他，但还是跟他买了点土。说实话，我买这些土，主要是希望能和最好的朋友皮娜一起快点从那烦人的店里出去。他倒没有色眯眯地盯着我们看啦，但是他双手都插到一袋土里，土一直埋到他的小臂，一边呢又给我们上课，说什么地形啊、肥料啊之类的。当时，因为我答应之后给她买一大瓶杏仁茶才陪我来的皮娜，抬起手肘捅了捅我。

"把那土买了，"她说，"废话都听够了。"

脱身之后，我们去米可卡纳吃冰激凌，看样子这家店完全靠我们出钱才活得下去啊。

"你觉得他是个变态？"我问皮娜。

皮娜舔舔嘴唇，摸了摸其中一个袋子，悲叹一声："唉，土啊。"

接着她把手夹到双腿之间。

"唉，一只小铅虫！"

有时候我是真讨厌和她一起出现在公共场合，又被别人看到。别的时候呢，我只是觉得嫉妒。我就是不知道该怎么对皮娜说"不"。四年级的时候，她强迫我玩个游戏，不停地挠自己的手，挠到流血。接着我们就"歃血为盟，义结金兰"。但最近我们的差距有点明显了：她无论做什么，遇到什么事情，都让我嫉妒。不管怎么比，她的生活都比我的要精彩刺激多了，我也不知道这是从什么时候开始的。其实吧，我知道。就是从她妈妈再次出现开始的。在那之前我们各自身边都有个像幽灵一样的人物：她的是她妈妈，我的是我妹妹。但三个月前，她的"幽灵"在网上联系她了。显然，你妈妈离开或者你妹妹死了，肯定会让生活变得不一样。但到底哪个更糟糕呢：不知从哪儿又冒出来的妈妈，还是从来不离开家门的妈妈？

皮娜不再悲叹了。

"别说'变态'。"她说。

"不行啊？"

"有些浑蛋就是这么叫同性恋的，这是个很有基视性的词。"

"歧视性。"

"随便啦。"

"我把新土扔到旧土上，就完事儿了不行吗？"

我们正在我的院子里。皮娜抬着一只胳膊，头转向腋窝。她另一只手上拿着个镊子，慢慢把毛拔下来。脖子僵了，她就换个边。她的样子像一只鹭，又好看又扭曲。我盯着那袋新土，但里面没有我要的答案。目前，我最喜欢的词是"倦怠"。这就是倦怠：每天这个时候，连苍蝇都要睡着了。一切都是静止的。一切都散发着尘土与水泥那股子难闻的味道。有没有铅我不清楚，但我在旧土里面发现了一只人字拖，还有一些瓶盖。还有我那只无数年前就丢了的乖乖小狗狗，显然是被有恶意预谋的人埋了的。要不是我的弟弟们去夏令营了，我现在就要报仇。

"你得先把旧土给刨了。"皮娜说。她根本不知道自己在说什么。

"刨了之后我又怎么处理呢？"

"你就卖给玛丽娜啊！或者白送给她，她就种点东西，然后吃了。"

"含铅的土就给她啊？"

"就是种矿物质嘛，安娜。她凑合凑合也行啊。"

"可能她读一读《鲜味》，就凑合得下去了。"

"什么？"

"阿方的书，我早几百年就借给你了。"

"我给别人了。是讲恋童癖的小说吗？"

"完全不是啊！是人类学著作，讲第五味和前西班牙时期[1]食物之间的关系。你是不是连你自己住在哪个院子都不知道啊？"

"嗯，安娜，我知道'鲜味'是什么意思啦。但他为什么要写一本跟他住的房子名字一样的书啊？"

"你真笨。"

"你才笨，你都不知道怎么处理这些土。"

爸爸从推拉门那边走出来。几个星期前，他把大胡子给剃了，我到现在还没习惯。他看着年轻了些，也可能是丑了些。那天我去了他的彩排现场，好让他载我回家，当时我差点都认不出他来了。他的整个生涯几乎都是坐在舞台最后面的，但就算那个时候我也能一眼就看到他。显然是因为他那一脸大胡子。不过现在聊这个不

---

1 Pre-Hispanic，是拉丁美洲的特定时期，简单地说，就是指拉丁美洲被西班牙占领之前的时期。

合适。我递给他园艺中心找给我的二十比索。

爸爸拿着啤酒坐在长凳上，双脚搭在我那两袋土上。他把钱放进钱包。我向他保证过，这个工程肯定是"一项不错的投资"，但是说实话，我连这话是什么意思都不知道。

我先解释土里面有氮元素，玉米会吸收氮，豆子又会补充氮。接着我又解释了铅的问题，可能稍微夸张了点。（"有毒。"我说，"而且致癌。"）他好像很感兴趣，所以我就说了下去。我告诉他，我们要自己碾玉米，按墨西哥人一贯的做法，不要跟欧洲人似的，拿了我们的玉米，却不要我们的智慧，几个世纪一直因为糙皮病而死，却根本不知道是怎么死的。

"因为缺乏烟酸，如果你想知道的话。"

皮娜翻了个白眼儿。爸爸正透过窗户看着妈妈。她裹了一条橙色调的头巾，一边洗碗，一边动着嘴唇，看着很像日本的那种鲤鱼。我们讲好了，铅的事情一点也不告诉她，因为有些人一听什么污染啊、进步啊，就要心碎，她就是那种人。

我向爸爸建议，应该买个软管。他算了算钱。有些事情会让爸爸抽搐，关于钱的烦恼是其中之一。一说起这玩意儿，他就会变成斗鸡眼。我赶紧列出各种各样的土豆来分散他的注意力。

"有些是绿色的，"我向他保证，"有的又是深紫色的。"

皮娜也帮上了忙。她举起镊子，画起了竖线。

"有些是长条的。"她说。

一听到这些，爸爸又振作起来。他又进厨房拿了罐啤酒，我们看到他努力想把妈妈叫出来。

"老虎土豆，"他跟她说，"和家人的黄金时间啊。"他又专门用英语说。以前，他的墨西哥口音总是让她大笑。但妈妈没有出来，她对院子不感冒。在她心里，院子是被荒废的地方，特别可悲，在本身的肮脏中堕落下去，是非常狭隘、受到很大限制的东西。

"你不觉得她太瘦了吗？"皮娜问。

"谁？"

"玛丽娜！"

爸爸走出来，宣布他不会给我买任何工具。我只能去找人借了。我敢出钱打赌，这肯定是妈妈的错：她总跟爸爸唠叨，说他宠坏了我。我问他，他觉得到底有谁会借给我工具，但他只是抬脚把空啤酒罐踩扁了。他在国家交响乐团打了二十年定音鼓：所以只要发出声音，他就很擅长引发共振。过了一会儿，他抬起眼来，坐在那儿盯着皮娜。

"不痛吗？"他问她。

"嗯，痛。"她回答。

"那干吗不直接刮啊？"

"因为那样它们就会长得更快。"我牙咬得咯吱响，挤出这句话。

爸爸也识相，没再追问。皮娜把镊子放进短裤口袋里，抱着胳膊，把两只手都夹在腋窝下面。

"我得回去收拾了。"她说着，站起来，分别给了我们一个吻。

"你不留下来吃午饭呀？"

"不行，我明天要去见切拉，防晒霜之类的东西都还没收拾呢。"

"代我向她问好。"爸爸说。

但我不知道该说什么，皮娜走了。透过窗户，我看着她拥抱了妈妈：一个是日本鲤；另一个是中国鹭。

我的弟弟们寄来一封电邮，他们刚刚落地密歇根。我们的飞机票总是承蒙一家航空公司的照顾，以前我的外公，就是我们都记不起来的那个，在这家做过飞行员。我小时候觉得，最最让人兴奋的事情，就是和他们一起飞，好像我们都是一个很大很美好的家庭中的一分子，蓝色的洗漱包里装着各种各样的好东西，飞行员的孙子孙女们都有，不知道比我朋友们派对上送的小礼物好到哪儿去了。在机场，他们会在我脖子上挂个徽章，由我来管弟弟妹妹们。那时候我们还是兄弟姊妹四个，没法全部坐在一起。我总会坐在过道另一边，假装自己是独自旅行。那时候艾玛都上不了互联网，现在她简直不受控制地给我们转发东西。最近她给我们发了一封讲皮肤癌的邮件，就是那种网上疯传的PPT。可能就是因为这个，在邮件附件里的照片上，西奥戴着棒球帽，奥尔默有遮阳帽，艾玛则是一顶尖尖的斗笠。这些肯定是她在"十元店"买的，她在那儿买东西，都是一样买三个，因为她知道那些东西都不经用。他们三个的肤色都有点奇怪，明显是抹了那种廉价的防晒霜。艾玛手上夹了根烟，全世界的PPT也劝不动她戒烟。

去年，西奥努力想跟艾玛解释，她应该买一个质量比较好的手电筒，而不是买三个很烂的。前者才合理。艾玛安静地等他说完才开口："嗯，一看你就没经历过打仗。"

西奥反应太慢了，等他说出"你也没有啊"的时候，艾玛已经朝卖洗涤剂的过道走去了，她的购物车里全是三个装的东西。只要有人胆敢跟她提有关这个习惯的意见（这实在太不符合她所谓的"超凡脱俗"，也不符合她常说的反主流生活方式），艾玛就会为自己辩解，说在"十元店"买东西，她也是在为缅甸经济贡献自己的绵薄之力。

"或者亚洲的经济，反正就是那种正在扩张中的地区。"

"唯一在扩张的，只有宇宙。"西奥告诉她。

她说："行吧。"

妈妈对着邮件和照片哭了。夏天的时候，她的情况更严重些。夏天如同一条肮脏的河流卷着垃圾，把我妹妹的忌日拽到家门口。她是家里最小的孩子。

"你说是最傻的吗？"有一次，一个聋子姑妈问我。正值那几个星期，死去的家人纷纷从墓石下面爬出来，就像那种只活一天（哀悼日）的虫子。

"不是！"我朝她大喊，"我说她是最！小！的！"

露丝被淹死的时候，快满六岁了。她从满五岁那天就一直这么说"我快满六岁了"。从那以后，妈妈就再也没去过湖边，但她还是要送我们去。她觉得，要是你从马背上摔下来，那就必须得再回到马背上去，或者如果你自己不上，至少得让你的孩子上。

"你有没有什么想对孩子们说的？"心理医生问道。那是我们唯一一次去做集体治疗，就在露丝死后不久。爸爸、西奥和我讲了一个小时，但妈妈一个字都没说。奥尔默也没有，他真的太小了。医生挑起眉毛，好像在提醒妈妈，这关系到我们的未来，我们的心理健康。医生在刚才的一个小时里可是反复说起这些东西啊！最终妈妈还是投降了，她看着我们每个人，这三个活着的孩子，然后用很慢很慢，慢得能感觉到她外国口音的语速说："孩子们，你们很勇敢，但我不是鱼。"

七月的一个傍晚。下午下了大雨（墨西哥城的夏天太假了，几乎每天都会下大雨），傍晚的雾气很清新，似乎也很干净，在钟落小院正中间的过道飘荡着。地板闪着微光。空气闻着像湿乎乎的陶土。水洼里倒映了一场从没见过的特别灯光秀。光从"苦之家"来，玛丽娜·门多萨住在那里。她总是不关灯，但今晚这些灯有点奇怪。它们一直在闪，从很暗到很亮。不是像电视里发出的那种有节奏、有韵律的光，而总是非常突然地一亮，之后逐渐恢复正常，然后又变。邻居都没出门，谁也注意不到这个，但就算他们注意到了，也不会有多惊讶：玛丽娜·门多萨就是这样啊，她又对这里的氛围不满意了。

"苦之家"是右边第一栋房子，从里面能看到马路，但前门和大部分的窗户都朝着过道。她房前的那六平方米是整个小院变化最多的角落。玛丽娜会把植物的位置变来变去，把从街上捡来的东西堆在门前。她捡过一个巨大的黑色亚克力字母"M"，是几个街区外一家旧影院拆下来的招牌；还有一串烧坏了的圣诞彩灯；缺了一条腿的凳子；一个四十厘米高的雷龙玩具，是隔壁的小男孩奥尔默给玛丽娜的；窗棂上挂着一个木头做的小汽车；还有一盆芦荟，开着假花，就是叶子上绑的红色小蝴蝶结。但是明天是什么样子，谁又会知道呢？明天那只雷龙可能就骑在芦荟上，"M"的位置可能也变了，引导常春藤慢慢爬上来。玛丽娜会让那些东西积上几个星期的灰，然后突然兴致大发，重新摆上一遍。

正对着"苦之家"的，是"酸之家"。

走出"苦之家"，你会看到右边的钟，"钟落小院"

这个名字就是这么来的。钟的周围是另外三栋房子：甜之家、咸之家和鲜之家。

院子的大门在"苦之家"的左边。门上有低低的瓦屋顶，下雨的时候根本起不了作用，但倒是让这地方有了种难以描述的淳朴感，所有的住户都觉得不错。特别是春天，街旁蓝花楹的落花像毯子一样盖在屋顶和人行道上。房东本想把中间过道（也就是所有五栋屋子的正面墙）都漆成蓝花楹的颜色，结果店里面调出了一种非常单调的淡紫色，房东也没有勇气拒绝。玛丽娜特别嫌弃这颜色，因为它让她想起自己以前住医院时的床单。她说这是"臭丁香色"。

其实，玛丽娜从来没住过院，只是她会有那么一段时间什么也不吃，所以时不时地要去医院打个点滴，输点钠、钾、氯、碳酸氢盐、葡萄糖、钙、磷和镁什么的，仅此而已。或者说，直到上次之前都是仅此而已。上次他们让她住了几天院，想稍微给她洗一下脑。哦，她的脑子现在可是一尘不染啦！至少在她想象中是这样：肿胀而苍白，就像一枚煮过头的剥壳水煮蛋。

玛丽娜想把"臭丁香色"给抹了，于是成立了一个

"邻里协会"，协会名称用的还是大写字母，煞有介事的样子。嗯，什么都有，就是没有人参加。不过，她倒是很喜欢自己房子内部的颜色。是白色的。其实，玛丽娜租下"苦之家"，完全就是因为"苦之家"的墙很白，而且很光滑。因为有纹理的墙，特别是那种有湿乎乎斑点的墙，非常鲜明地代表了她希望抛下的一切。那是她第一次离开住了整整十九年的父母家，那座城市离钟落小院够远的，"苦之家"在她眼里象征着某种希望。

玛丽娜第一次来看房时，房子刚粉刷过。屋子里还飘着油漆稀释剂的味道，阳光透过窗户照进来，在后墙上投射出一块四边形的光斑，她看到这个就觉得这里是"应许之地"，非它不可了。那时候她看到的颜色，光滑的墙上被阳光照亮的白色，仿佛是勾勒出无限可能性与希望的颜色，被她命名为"奇幻白"。

她来这里的第一天，是小院主人阿方索·塞米泰尔博士带她参观的。他举手投足之间有种很特别的感觉，让玛丽娜想起一位前男友的妈妈。这个妈妈总是把她孩子的优点大大夸赞一番，每次夸完了都会来一句："是我生的。"

阿方索喋喋不休地讲着这个小院的故事。说这是他从祖父母老宅的废墟上亲手修建起来的。他大谈特谈了一番每栋房子的名字，是他取的，用的是人类的舌头能分辨出的五种味道。玛丽娜得给阿方索留下一个好印象，因为她手上虽然拿着父母的地契，但她不确定对方能不能接受这个作为担保，还怕他坚持要打电话去核实她的身份。她不希望家人知道自己在哪里，还不是时候。所以她必须发挥所有的讨好功力，附和说房子的名字真是很有创意。这倒不算违心，但她没说这些名字也很可笑，更别说会适得其反了，因为，谁会花钱住一个叫"苦之家"的房子啊？

　　嗯，她会。"苦之家"就是她的完美之家。楼上有两个房间和一个卫生间。楼下是宽敞的客厅、厨房，一个小的卫生间，还有个院子，被一个巨大的水箱占得不剩下什么空间。院子没什么别的可能性，玛丽娜喜欢这一点。随便换个户外空间，不管是更好看，还是没那么杂乱，都会让她想起父母的房子。直到那时，玛丽娜向往的都是不切实际之物，现在她感到一股很强烈、很实际的冲动：她要一个人住这个房子。她立刻做了个规划，楼上的房间，一个做卧室，另一个当工作室。她想每天都能画画，做好吃的米饭，真正地吃下去，学会用喷漆笔、烙画机、钻子和用于自慰的人造老二。再也不要输液，不要负罪感，不要湿乎乎的斑点；她再也不会回到那座破破烂烂的城市，自称"小雅典"，其实就是维拉克鲁斯的哈拉帕，她在那里出生。她离开了。她要重新开始。"苦之家"就是她的空白画布。但要实现这个目的，她就得给房东留下好印象。她即兴发挥，告诉他自己是个教艺术的老师（当然，有个细节没说，她在孩子们面前晕倒了，所以被他们炒了鱿鱼）。她也说了自己是高中毕业，但是没提是在家上的学，因为这样她才能同时在父亲的餐厅打工。她也撒了谎，说她来首都是为了上大学。真正绝妙的是，她对这位新房东，称的不是"您"，而是很随意的"你"。墨西哥城的人不都是这么互相叫来叫去的吗？接着她又卖弄风情地问他有没有结婚。他脸红了；她的脸比他还红。他跟她说自己是老婆去世的光棍儿，家里的独生子，还是一个人类学家。他们在附近的酒吧喝了杯咖啡，她为"苦之家"偷了第一件东西：一个烟灰缸。她把烟灰缸放在空空的客厅中间，然后花了好几个小时伸展手脚趴在地上，不断调整自己的位置，和越来越近的太阳保持一致，一边抽烟，一边盯着空气中的灰尘，心醉神迷地笃定她的新生活就要开始了。

玛丽娜到这里的第一天下午遇到的那种光谱，那种囊括一切、有着无限可能的白，那种到达临界值的白，被她称为"奇幻白"。现在，一年多以后，她想要重现这种白，买了很多很贵的灯泡。包装上信誓旦旦地保证是"白光"。她把灯泡一个个安装在整栋房子里，在不知不觉间，导演了过道上那舒缓的"水洼光之舞"。

租下"苦之家"后，玛丽娜真的去上了大学。专业她是自己选的，时间表却由不得她。"设计"这个词让她心中升腾起一种模糊却坚定的希望——也许在那里她就能学到最基础的东西，学到她在别人身上看到的东西：做规划和自我保护的本能。但一直到现在，她只确定一件事情，就是因为要上早课，当太阳在墙上投射出奇幻白时，她永远不在家。按照她的理论，一切就是从这里开始乱套的，她就这样失去了控制，就这样再次身心俱疲。这是一种缺陷。就像某些人缺乏阳光，她恰好就缺乏这种特别的颜色。平时打点滴是不够的，真是糟糕。他们不得已通知了她妈妈。门多萨夫人飞来拯救她，然后又消失了。到现在你还能看出她曾昙花一现地出现，因为瓷砖之间的泥浆缝还是那么干净，玛丽娜是绝对想不到去擦洗那种地方的。妈妈来过以后，房子里添了些新的习惯。现在的玛丽娜在用药，在接受治疗。

客厅里的落地灯是最后一个被换灯泡的，摸着都烫手了。她关上那盏灯，把手伸到T恤下面权当戴了手套，把灯泡拧了下来。永别了，让人难以忍受的黄光！（这种颜色叫什么呢？可怕黄？低落黄？压抑黄？）她把新灯泡拧上，让灯对着墙。墙上没有出现她期待的"奇幻白"，而是一种很有未来感的冷酷灯光，和她吃的那些药片一样冷清。她给这种颜色起名叫"解忧白"。如果"解忧白"是个人，那他一定有一口完美牙齿，穿着病号服，在全世界跑来跑去，说着让人丧失希望的言语："无处可去！没有出路！用我们填充了百忧解的灯光来过滤你的痛苦吧！"

突然有个设计灵感。几个月了，她还是头一次冒出新想法：抗焦虑药物的包装应该像早餐麦片那样包装，盒子上印着数独游戏；你等这些药物生效的头一个月，可以做数独来打发时间，一直做到你忘了自己在等。药物起效的唯一迹象，就是焦虑仿佛被闷住了，嗡嗡低鸣，仿佛有人把脚踩在了消声踏板上。尽管如此，玛丽娜还是会吃药，而且几乎每天都吃。

她拔掉落地灯的插头，又拿到房间别的地方去试了一下，但都没出现想要的效果。她垂头丧气地把灯一摔。接着，灯重重地倒在地上，闪烁了一下，在地毯上投射出一小块锥形的"解忧白"。灯泡就是灯泡，变不成太阳啊。她也许永远无法再现奇幻白了，老天啊，这一切真是太让人消沉了！多么讽刺啊，每天早上，那象征着幸福生活真谛的光洒进她的客厅，而她却不在家，正坐在某个讲堂里尽全力地什么也不去想。

"真是白费力气。"她自言自语，伸脚踢着毯子上的落地灯。玛丽娜特别看不起白费力气的事情。她倒着身子躺在沙发上，脚靠在墙上休息。墙上没有阳光，因为快晚上十点了。

"我都还没吃东西啊。"她心想。

裤子滑了下来，她看着自己的双腿，比胳膊要粗很多。不对称的东西真讨厌。一切都一样大怎么就不行呢？她在那儿躺了一会儿。她很累，累得几乎像平静下来一样。她考虑着是不是干脆退学算了，也在想着吉娃娃，这男人偶尔跟她上个床，但现在都好几个星期了，根本杳无音信。上次他们见面做了个爱，事后他正穿衣服，她则一动不动地盯着天花板。走出门之前他说："我承受不了了。"仿佛他们的关系是手提袋，由他提着，而玛丽娜在里面。仿佛这个小小的流浪儿太重了，深深地勒进了这个男人的手指。

周末的奇幻白时间，玛丽娜也从不在家。有时候她是在照顾琳达·沃克尔家的孩子。他们住在过道的另一头，所以太阳照进他们家的方式也不一样。其实，他们那里根本照不到太阳，除了后院。他们家的后院是玛丽娜后院的三倍大，中间也没有巨大的水箱，但是挨挨挤挤地堆满了东西，让人望而却步。然而，玛丽娜还是会趁他们家三个孩子难得安静地坐在电视前的时候，去后院抽个烟。她必须躲起来抽，因为最大的那个孩子（十二岁，胖嘟嘟的，听她说话还以为她吞了本字典）总是在反对抽烟。

"我像你这么大的时候，已经挣钱养活自己了。"玛丽娜看着她认认真真地啃着某本六百页的大部头时，总想这么说。

佩雷兹－沃克尔家族本来有四个孩子，但几年前最小的那个夭折了。虽然从来没见过那个小女孩，玛丽娜怀疑这房子曾经是能照进点阳光的，但被那孩子带到另一边去了，或者带进坟墓里去了，或者带到那个外国的湖底去了，听他们说她是在那里淹死的。他们发现她的时候，那小小的尸体浮在湖面上，缠着水草。现在家里最小的是奥尔默，他一边跟玛丽娜讲这些，一边还拿着蜡笔忙着画别的什么，像是一头牛，又像是一架飞机。

玛丽娜看孩子的报酬是上英语课。她的学习兴趣不算热烈，但很真诚。

"是很健康的动力啦。"心理医生说玛丽娜活动太多时，她这么告诉他。"英语课而已，"她解释说，"这样我跟着唱那些歌时，也能明白歌词讲的什么啦。"

"这份工作本身呢？"

"我喜欢这份工作，"她对他说，"孩子们很有趣的。"

但玛丽娜喜欢的其实是孩子们的妈妈。每周二和周四，琳达会到她家里，给她上两个小时的英语课。教学资料是玛丽娜放在落地书架上的一盘盘CD。她收集的CD不多，但品质不错，始于哈拉帕一条卵石街上的"塔沃摇滚"音像店（这是20世纪90年代很多哈拉帕人与那个时代交流的唯一方式）。十三岁起，父亲开始给玛丽娜低廉的薪水（是在她鼓起勇气说自己和弟弟就是典型的被剥削童工之后），她用这些钱买了第一盘CD，然后又买了一盘，一盘接一盘。她很喜欢那个小店，因为她认识的人从不去那里。店里卖沾了血的T恤。那是美国的血，那种丝网印的版画。当然是假的血，但足可以乱真，让那家店成为大家口中的传说："塔沃摇滚？他们那里会举行邪恶仪式。他们虐待儿童。他们卖的所有东西都是从卡车车厢上掉下来的。"

后来吉娃娃给她讲了很多北方的事情，在玛丽娜眼中，自己的国家也不再只有哈拉帕和墨西哥城这简单的阴阳两极了，所以那些血在她心里也不太对劲了。如今，如果她在街上看到谁穿那种很无礼的上衣，会觉得很生气。玛丽娜明白暴力只会招致暴力，她从原则上反对暴力。但问题是，除了生气以外，她不知道自己还能做些什么。比起那些好战分子，她总是情不自禁地对军队更感兴趣。在大学里，她见过太多非常激动的人挥舞着标语旗帜，心里不清楚究竟什么更令自己羞愧：是她完全不知道什么情况呢，还是她对此根本漠不关心。所以她总是抬起下巴，露出一种自己也很痛苦的表情，再装作很忙的样子，匆匆走过去。她说那种颜色是"愤恨红"。

琳达·沃克尔爱死玛丽娜收藏的那些专辑了。她对墨西哥流行音乐有种深深的迷恋，其中既包含了一种居高临下的兴趣，也有真诚的热情。但自从二十年前离开美国后，她就没坐下来听过美国流行乐了。

"但这不是流行乐，"玛丽娜坚称，"这是另类摇滚。"

其实，玛丽娜压根儿不懂什么音乐流派。她的判断标准完全是根据个人审美：选什么CD，全看封面。来墨西哥城时，她一张都没带，但妈妈来接她出院时，把它们都带来了。用门多萨夫人的话来说，她是来把玛丽娜"解救出那个小困境"的。

学英语对玛丽娜的影响，和冥想差不多。她其实也不冥想，但之前被催眠过。而且她一连画画几个小时停下后，就会产生很特别的感觉，等回到现实中才意识到自己刚才神游到别的地方去了。学英语让很多事情的锋芒模糊起来，让它们显得不那么严肃，有点像给照片潦草地画上小胡子。比如，她最喜欢的那些乐队名字在翻译过来之后，都从抽象的诗意变成很随机的名词：小红莓，碎南瓜，盲瓜，红辣椒，愚人花园。翻译简化了这些名字的意义，起着图式的作用：本来看起来很深远的东西从优雅的高处一个倒栽葱，结果什么也不是，就是随意的涂鸦。玛丽娜觉得，这种双语交换中存在的重力作用恰好证实了她的怀疑：要是美国佬们是一幅幅画，那就都是用马克笔画的。

怀疑得到证实，你就有了立足点，可以站住脚的坚实土地，特别是在那怀疑将世界分裂为一块块碎片，清楚地划出你占领的那块时。换句话说，这样一来，真相就揭开了，期待也降低了。玛丽娜倒也并不笃信她那个被证实的偏见，但能得到证实，还是会让她觉得平静。

如果说她并不完全信服自己的马克笔理论，那也是因为琳达。琳达这个外国人，是用彩色粉笔或彩铅画的：她的线条是柔和的、流动的。玛丽娜和她越熟悉，越难对她下定义。而且，玛丽娜开始辨认出她过去的岁月留下的线条了，来墨西哥之前，嫁给维克多之前，她的女儿夭折之前。画家们用的专业术语是"原笔画"：艺术家擦掉之后仍然若隐若现的笔触。琳达的颜色随着她的发型和每天的时间变化。她如果有心情来一场文字游戏，就是翠绿色的；任由头发披下来，就是桃红色的。有些夜晚玛丽娜禁不住想：这是爱吗？

也不是那种吸引，但可以说是有点迷恋。玛丽娜把她这位芳邻放在画架上，也想不出另一个词来形容这种感觉。她整天都在拿自己和琳达相比。她甚至强迫自己喝粥，因为琳达喝粥。玛丽娜崇拜她不是因为她在国家交响乐团，也不是因为她和维克多情比金坚（他俩就不是拎手提袋了，一直都是带着重重的行李；这也是他俩该承担的）。不是因为她是四个孩子的妈妈，也不是因为她失去了其中一个。玛丽娜的崇拜也并非来源于琳达可以神奇地兼具美与丑两种特性，或者有时候大白天的，她就能像喝醉了似的恍惚。玛丽娜并不崇拜她那长长的头发，她总是把它们盘成个鸟窝状顶在头上；也不崇拜她那总是包着发髻和额头的头巾，好像要挡住看不见的战时伤痕。也有可能，她的崇拜的确是来源于这一切；也许就是所有这些元素复杂地结合在一起，让玛丽娜顶礼膜拜。但最让她肃然起敬的，还是琳达公开宣布放弃"结果心态"。她说："我受够了。"反正琳达自己是这样解释的：

"有一天，我就说，我受够了结果心态，你懂吗？我不是要放弃演奏，我只是不用去包装了。我现在要全身心投入到音乐中，而不是乐团。我现在只注重过程。"

"乐团就任你这样呀？"玛丽娜问，只是为了能搭句话。

"他们准了我无薪休假，"琳达说，"我告诉你，我怀那些孩子的时候，没有一次被准假过。音乐家对小孩子不感冒，但他们都觉得哀悼很重要，是啊。这个我要怪在瓦格纳头上。"

苋米，我四十年研究生涯中最好的岁月都花在这种植物上了，它却有个这么滑稽的名字。现在我丧偶了，一听这名字就情绪激动。

苋米属于苋科，英文是"amaranthus"，这个名字来源于希腊语的"amaranthos"，意思是"永不凋谢的花"。

自从上次墨西哥亡灵节（2001年11月2日）以来，我就一直是个光棍儿。那天早上我老婆躺在床上，赞叹我在房间里搭起来的传统祭坛。那个祭坛有点凑合：三个花瓶，插着蒲公英和墨西哥金盏花，除此之外就没别的了，因为我俩都没心思准备通常必备的头骨糖罐子。诺莉亚摆弄了下她的头巾（她很讨厌我看到她光秃秃的头），指着祭坛。

"啦，啦，啦啦啦。"她唱起来。

"啦，啦，啦啦啦，啦什么呀？"我问。

"我打败了他们。"

"打败了谁？"

"亡灵，"她说，"他们来了又走了，没有带走我。"

但那天下午，我去帮她冲雀巢咖啡加奶时，诺莉亚跟他们走了。有时候我觉得最让我心痛的是，她走的时候我不在她身边。我在楼上，站在炉灶边，像个木偶似的，等着水烧开。墨西哥城这该死的水啊，加了氯消毒，还泛着白白的粉末；而且我们还在二千二百六十米这种该死的海拔上，把水烧开要好长时间。

　　诺莉亚的姓是瓦加斯·瓦加斯。她父母都是米却肯州[1]人，但一个来自莫雷利亚市，另一个来自乌鲁阿潘市，两人只要一有机会，就会公开声明他们不是表亲关系。他们一起生了五个孩子，每天都一起吃午饭。他是心脏病专家，开的诊所就在街角。她是家庭主妇，唯一可被挑剔的地方，就是每周要打三次桥牌，总是要小小地挥霍一些菜钱，但还算合理。他们也从没有过什么欲望，只是想要外孙。反正我们这边呢，就让二老一直想着去吧。

也不知道是解释还是安慰，我岳母以前总是用带着歉意的语气提醒我说："诺莉亚从很小的时候开始，就只想做个女儿，不想做别的。"按照她的版本，诺莉亚那些小伙伴演自己娃娃的妈妈时，诺莉亚就比较喜欢做她们的女儿，或者跟娃娃做朋友，甚至是那个娃娃的女儿；通常小伙伴们都说这个不可接受，她们会用小女孩特有的那种严肃和残酷问道："你见过哪个妈妈这么漂亮的呀？"

很奇怪，我老婆总说自己是个没孩子的孩子，所以

---

1 Michoacán，墨西哥的一个州。

才有那么多问题，但她从来不跟我聊上面这个话题。她不愿意和我讨论那件事，就是她妈妈在某次提到她时，第一次说出"只是一个女儿"这个话。现在我才想明白，亲爱的诺莉亚啊，也许你的执念就是从那里来的：那其实并不是你的选择，而是你自己的妈妈一再强调，根植在你心里的。

"别犯洒了，阿方索。"我老婆每次想说别人"傻"的时候，就会随便用个发音相近的词来代替。

对，代替，她会代替这个词。现在，她不在了，我又得重新适应了。但重点是，我刚刚写下那句"别犯洒了，阿方索"，感觉不是我写的，而是她自己亲口说出来的。

可能这台新的黑色机器就是这么个目的。是的，他们把这东西给我，就是为了这个，让诺莉亚能再跟我说话。

我在研究院有个同事，五十二岁的时候找了个二十七岁的老婆。但一直到她三十岁，他五十五岁时，两人才对这事有了那么点羞愧之心。因为突然间他们的年龄差很好算了：两人之间差了四分之一个世纪，谁都能轻轻松松地算出来。有件跟这个或多或少有那么点像的事情也发生在我们小院。我老婆五十五岁死去的同一年，我租户家那个五岁的小女儿也死了。这么好算的年龄数字让我们都有点惊慌。和露丝相比，我老婆的死简直是合情合理的了。露丝的死太不可思议了，太不公平了。但死神从来都不公平。五十五岁这个年纪也不公平。

要我自己选的话，我会利用这台新机器来抱怨，抱怨在还没到年纪的时候就丧了偶，抱怨根本没人关注我。最关心我的是朋友佩兹，但相比我的痛苦，佩兹更沉浸在自己的痛苦中。他会在深夜喝得醉醺醺的给我打电话，说他发现就算是自己这一代人，也无法永生，真是让他烦恼。

"想着你一个人待在那家里，我睡不着啊，朋友。我要你保证，不会不洗澡。"他会说。

然后这个不懂事儿的浑蛋也一命呜呼了。诺莉亚以前总说祸不单行。

在我上班的地方，那些人也是一点不在乎。

"请一年的公休假吧，"他们对我说，"活着受煎熬吧。在你那块城里的小破地上烂掉吧，反正我们从来没相信过那上面能长出什么好东西。滚去你的苋米丛里蔫儿掉吧。"

而我对他们唯唯诺诺，只是说："我在哪儿签字？"

真是犯了个大错，因为现在我每天窝在这个家里，都快疯了。我连网都没有。嗯，这台黑色机器肯定是要连无线网的，但到目前为止我都还没去琢磨这东西怎么用。我情愿看电视。至少我知道怎么开。过去这几个星期我迷上了上午十点左右的节目，很精彩。

我开始一年的公休假之后，研究院就再也没有消息了。然后呢，两个星期之前，他们派了人来，留下一台机器。他们说，这是我 2001 年研究的奖励，虽然那特别恐怖的一年在六个月前就结束了，而且是我学术生涯中最没有成就的一年，除非"和老婆的胰腺癌共处"和"迈出丧偶的稚嫩第一步"也能算是研究课题。我想是不是哪里出了错，可能他们多出来一台机器，又不能退回去，不然的话肯定要多交钱。研究院所有那些官僚主义的程序细节都违反人的基本直觉，但看那些领导的样子，好像这些规矩完全合理。比如，他们跟我说，必须用这台机器来做研究，想必是想让我掌握网上的研究资料，挺进21世纪。真的，送东西的人除了带了那台笔记本电脑，还带了一份纸质协议。研究院里的事儿，如果没有写成协议，即使用有正式单位抬头的纸印出来，下面签上主任的名字，那也不算数。

那孩子从他包里掏出一个硬纸盒子，和比萨盒子区别不大。他把盒子递给我。

"是台笔记本电脑，先生。办公室的人叫我告诉你，必须用这个做研究。"

"我不是在休假吗？"我说。

"喂，哥们儿，他们跟我说把东西放下就走。"

"那你把东西放下就走呗。"我跟他说。

他把东西放下，我就让那东西一直待在盒子里，放在门口。那是两个星期之前的事儿。

然后，今天我终于把"苦之家"租出去了。租户是个又瘦又年轻的小东西，她说自己是个画家。她带了支票给我，还带了哈拉帕一家意式餐厅的契据做担保。我为什么知道那是意式餐厅呢，因为名字叫"比萨"。那个女孩子说，这是个文字游戏，因为不仅代表了那座著名斜塔的名字，哈拉帕人也说"比萨"。

"不过嘛，准确地说，他们的发音是'比兹萨'，"她解释，"但如果我爸妈给餐厅取那个名字，这文字游戏就太明显了。"

"啊。"我回了一句。

我只希望她别嗑药。或者她安静地嗑，按时付我房租就好。按我定给她的价钱，这不是什么很高的要求。她对一切都很满意，除了门口外墙的颜色。

"我正在考虑重新上漆。"我撒了个谎。

有趣的是，签了合同之后（我们是在芥末屋酒吧签的，因为那旁边就是文具店，我们得复印她的资料），我感觉很好地离开了。办成了事儿，可以这么说吧。或者算是办成了件事儿。在回家的路上我买了六瓶装的啤酒和几袋薯片，然后把我的"姑娘们"搬到后院露台上。我把她们都摆在一个能俯瞰这个仪式的位置，然后打开了盒子（现在这盒子被我拿来垫脚了，真是让人挺舒服的创新运用呢），开始设置那台机器。我不得不说，开盒的时候我是有点兴奋的。只是一点点兴奋而已，不过也是我自2002年以来最兴奋的时候了。

那机器是黑色的，比我迄今为止用过的任何电脑都要轻便。我现在就在用它写这些话。我特别骄傲的是很快就把它设置好了。"设置"，也就这么一说，其实我就是插上电，一下子就能用了。唯一要做的就是把塑料和泡沫给拆了。用户名嘛，我用的是"妮娜·西蒙"[1]。我的另外一台电脑，就是办公室里过去十年来我每天都在上面写文章的笨重老古董，用户名是"小飞象"。小飞象的Windows系统开机时，我的用户头像是自己的一张照片，不过是研究院技术支持那边的人帮我传上去的。我的专业领域还没延伸到那儿去。在妮娜·西蒙的Windows界面，我的用户头像就是出厂设置：一个充气鸭子。哎呀，微软Word刚刚想把"充气"自动修正成"重启"，Word真是洒。

好烦啊！诺莉亚每次说和"傻"发音相近的词时，用的都是不一样的字。我呢，就只会学她说过的话。

我是一个废人，一个侵略者，一座孤岛。

诺莉亚小的时候，不想像爸爸那样做个医生，而是

---

1 妮娜·西蒙（Nina Simone，1933—2003），美国黑人歌手，作曲家，钢琴表演家。

希望像她那个演默片出名的叔祖母一样，做个女演员。高中毕业后，诺莉亚报名参加了一个强度很大的戏剧训练课程，但是课上到第二个星期，该她在全班面前即兴表演了，她整张脸涨得通红，一个字也说不出来，还犯了阵发性心动过速。真的太可怕了：你的心跳每分钟超过一百六十下。我当然会犯这样的病，但说实话，诺莉亚是从来没有这样过的。诺莉亚当时只是自我诊断，她从那时候开始就有这方面的天资。

那倒霉的戏剧课之后，她被墨西哥国立自治大学录取了，在那里过了筋疲力尽的几年后（我这一辈子总和医生打交道，但我到今天也不明白，他们究竟是怎么做到的），她成了一名合格的心脏病专家。诺莉亚会说："准确地说，是心脏电生理学医师。"

我们第一次共进晚餐时，诺莉亚把这些都给我讲了。我觉得很奇怪，比起面对某个人的五脏六腑，她觉得在大庭广众下讲话更可怕。

"为什么要学医？"我问，"为什么不学轻松点的东西？"

那是1972年，我们在玫瑰区[1]的一家餐厅。当时的玫瑰区还挺体面的，不像现在。不过，我跟你说句实话吧，我也不知道现在是什么样，因为我都很多年没敢去啦。

　　"我有个很可笑的想法，从事医学的人可以真正了解别人，那种面对面一对一的了解。"我老婆说。那天晚上，她只不过是我刚认识的一个女孩。

　　她把龙舌兰一饮而尽。

　　"我觉得自己一直有点幼稚。"

　　那时候我才恍然大悟，原来她在跟我调情呢，真是没想到。幼稚？她肯定是幼稚的，但只在某些事情上幼稚，而且那种直率一点也不会削弱她犀利的思想。她的幼稚恰到好处，符合她的个性。诺莉亚是个很实际的人，但又有一点点浮躁。她很坦诚，又有点狡黠，特别美。而且，从我们约会的第一晚到之后的三个星期内，她都是吃素的。

　　她喜欢面对面一对一的见面。她喜欢和别人约出去喝咖啡。她喜欢和护士一起偷偷溜出去抽根儿烟，顺便

_____

1　Zona Rosa，墨西哥城知名的酒吧区、红灯区和商业区，虽然很时尚很繁华，但是治安也不太好。

聊聊最新八卦，用她的话说，聊的是"每一个人，还有他们的妈妈"。她后来又不吃素了，因为她喜欢吃肉。连生肉都喜欢。鞑靼牛排[1]。生日的时候，她总会点烤肉饼来吃。我后来再没去过市中心，是因为那里会勾起我太多的回忆，比如生日时去伊甸园餐厅。没人会提前警告你，但亡灵（至少其中一些）会把日常的习惯、数十年的生活以及很多地方一并带走。你本以为那些东西是你们共享的，结果那只是属于他们的。当死亡将你们分开，"我的就是你的"这句话也不成立了。

我们约会的第一晚，诺莉亚没有说她爸爸在米却肯州自己开诊所之前，是墨西哥城心脑血管医院的领军人物；也没说她年仅十二岁的时候，就学会了看动态心电图。吃晚饭的时候，她也没说在她的领域全国只有五个（五个哦！）专家，她是其中之一。这些都是第二天早上她跟我说的。那时候我们光着身子躺在她客厅的沙发上，我都还没反应过来，就已经很快地灌了自己那杯咖啡，手忙脚乱地穿上衣服，忙不迭地逃出了她家。我甚至都

1　Steak tarte，即生牛肉饼。

没找她要电话号码。换句话说，就像我们快一年后第二次见面时她诊断的那样，我"怕了，临阵脱逃"。

　　当然，说我"临阵脱逃"那都是轻的。用诺莉亚的另一句话来说，我其实都"吓尿了"。我吓得哑口无言，后来才明白我到底为什么恐慌，因为我开始分析接下来的十二个月都跟谁上床：全部是博览群书、受过良好教育的年轻姑娘。基本上，就是我的学生。我甚至都要跟其中一个结婚了：多年后诺莉亚终于和这个人见面时，给人家取了个外号"孟菲斯"（可能是因为她穿了双那个牌子的靴子？还是她的发型风格？我知道个什么呀）。不幸中的万幸，婚礼之前我做了个梦。那时候我还挺"壮男"的，当然，也喜欢临阵脱逃。但我最突出的特点是迷信到骨子里了：我在梦里接收到的信息告诉我一定要听从自己的潜意识，所以我出乎意料地出现在诺莉亚的公寓。她一开始还没认出我。接着她玩了一段时间的欲擒故纵，差不多两个星期吧。但时间久了，我俩简直难舍难分，变成了"连体婴"，这个我现在有点想不明白为什么。我在国立历史与人类学研究院工作，我有国立研究员组织的奖金和那么多证书，本应该说明我知道怎么处理复杂的问题，但我对天发誓，我真是不明白。我不明白，为什么我有个肺都被挖出来了，我还能继续呼吸。

我那个梦是这样的。诺莉亚站在门厅，背后灯火辉煌。就是这样。一个静止的梦，但是其中传递的信息再清楚不过了，甚至有点咄咄逼人。我醒来的时候，身边躺着的还是孟菲斯。我明白，自己有两个选择：要么走那条好走的路，要么走那条快乐的。"顿悟"，你可能会说。哦，顺便告诉你，这是我这辈子唯一一次"顿悟"。

诺莉亚特别喜欢那些老话俗语什么的。要是有什么话我没懂（我经常不懂），她会叹口气说："要我一个字一个字地拼给你吗？"我还记得有一次我得了个奖，诺莉亚往研究院送了花，她在小小的卡片上写了："你是蜜蜂的膝盖[1]。"

但有时候她那些老话俗语都是自己发明的，都没问过别人到底有没有。比如，她有一回脱口而出："手上一把手术刀，胜过肚里插两把。"我一直以为那是她们医学

---

1 Bees' knees，指的是出类拔萃的顶尖人物或事物。

圈的老话，但佩兹很肯定地跟我说，他只听过诺莉亚说这话，医院里其实没人明白她究竟是什么意思；有些人觉得意思应该是"做医生比做病人好"，有些人又觉得是"动手术的时候最好慢慢来，不要急急忙忙的"，等等。

另外，诺莉亚受不了谜语，也受不了桌游。她对那种常识性小测试也是避之唯恐不及。玩儿这种东西的时候，她总会紧张慌乱，然后就会忘记答案，生气烦躁。有一次，我们参加"打破砂锅问到底"，最后输了，因为她说不出加拿大的首都。她也厌恶运动或者任何形式的锻炼。她非常非常不喜欢灰尘，还有虫子。她觉得蟑螂就是罪恶的化身。她不会打扫，会付钱找人来打扫。几个月前，萨拉小姐找我辞了职，找了个借口说自己一直想搬回老家去。但我觉得其实是因为她看到我这副样子也觉得很难过。我给了她遣散费，她开了个小摊卖玉米卷。她做得对。她的玉米卷真是天下第一。而且，我也觉得，让我自己来收拾这烂摊子，蛮好的。

大半辈子了，我真的觉得自己确实是"蜜蜂的膝盖"，因为我和很多同事都不一样，愿意干脏活累活，真正地去种一种我们研究和教授的植物。我的后院总有一块农地，因为我觉得，如果你要去讲，某个文明吃了这些东西，那你一定得知道这些东西是什么味道，怎么长出来的，需要多少水什么的。如果你要到处去讲"三姐妹"的共生关系，那你得拿着铲子，分别把每个姐妹都种种看：先种玉米，再种豆子，然后是南瓜。但现在我对那个"农耕阶段"的看法不一样了：那时候我手里有的是时间。我不用花时间去照顾小孩子，也不用费劲儿去叠衣服。本来是显而易见的事情，但现在我才完全懂了，要有别人帮你干别的脏活累活，你才能轻松地去干自己想干的脏活累活。不过嘛，你还是看得出来，我一直是那些人类学家中最"小资"的。

现在呢，我每天上床睡觉的时候，一整天干的事情里面唯一有点用的，可能就是把我用过的碗盘洗了，或者把工作室打扫了，要么就是把垃圾扔了。我干这样的事情很烂，但还算全心全意地投入。把"姑娘们"放进推车里之后，我就把她们推到这家里最乱的地方。我希望能有人见证我做的这一切。

"看看我，"我对她们说，"六十四岁了，第一次拖地。"

诺莉亚挺喜欢小孩的，但要保持安全距离。她自己从没想过要生孩子，等到最后想生了，又太晚了。她不喜欢生活太戏剧化，或者说她是喜欢的，但只喜欢看别人的生活戏剧化。她喜欢油炸食品，但从来不会放纵自己敞开吃。她喜欢各种各样的味道：小茴香、马郁兰、柠檬草等，还有熨烫过的衣服，以及家里的鲜花。她花钱请了个人来熨衣服，又请了个人来送鲜花。她给工钱很大方，小费也给得多。她喜欢陶器，不太粗糙的那种。她拒绝把最好的瓷器留到特殊场合用。

"每次我坐下来吃饭，都是特殊场合。"她以前总说，"至少在呼机响之前都是。"

有人呼她，是我们生活中非常重大的事件，等到呼机进化为更时髦、更袖珍的设备了，我们也还是一直把所有打断我们吃饭或午休的事情叫作"有人呼"。特别是午休，因为我们通常会在那个时候做爱。我喜欢早上做（那时候她通常急着去上班），她喜欢晚上做（那时候我通常很累），所以午休时间比较折中，我俩都可以。

诺莉亚之前一直抽罗利烟，直到她弟弟遭遇第一次心脏骤停，一家人才醒悟，心脏病医生也可能有心脏问题。我只抽过很少的雪茄，但她抽烟我也不烦。后来她戒掉的时候，我还觉得我俩都失去了什么呢。当然，这事儿我从来没跟她讲过。每年，或者说至少在她戒烟的头十年，我们每年都会办个小派对，来庆祝又一个"365无烟日"。说我俩都失去了什么，这话也许不太对。我是想说，我们把什么东西抛下了。我们翻开新的一页，不回头，芥末屋那些波希米亚风的流浪诗人可能会这么说。

芥末屋酒吧就在街角，我感到有生理需求的时候，就会泡在里面喝酒。没人知道我会去那儿，直到有位租户，就是那个没了女儿的外国女人也开始去泡吧。我以前经常当着面叫她"老外"，回想起来有点无礼。问题是，我从来都没有很喜欢那家人，他们那一大家子太吵了，又是小院的"大多数"，因为他们租了两栋房子："甜之家"和"咸之家"。他们住一栋，另一栋用来当工作室，教钢琴、打鼓，还有别的乱七八糟、让人搞不清楚的乐器。那家里每个人都至少会两种乐器。大女儿是我唯一相处得不错的，可能因为她是出了名的五音不全，也可能是因为她出生的时候，诺莉亚正好在后悔没生孩子，我俩只要一遇到哪家的小孩，马上就像白痴似的吱吱呀呀地去逗人家。但随着阿加莎·克里斯蒂（其实她叫安娜）越长越大，我也确实对她越来越有好感，因为她和周围格格不入，也因为她喜欢我。晚上，她到地里帮我的忙，会像解释谜题一样给我解释她看得入迷的故事，什么"波罗与马普尔小姐"[1]面对的困境之类的。哦对了，里面的案件一个都没破过，不是因为我没努力。有时候我不想让她来，因为我想一个人待着。不过，她越是经常来陪我，我就越是喜欢自己。不用什么顶尖的科学家来解释，我也知道自己喜欢这个"阿加莎·克里斯蒂"，是因为喜欢自己。因为她就是我曾经的样子：被扔在这座大城市的同一个角落、自生自灭的小孩。看她缩成一团在角落里读书的样子，我真是生她爸妈的气；他们一直在生孩子，却不能给她应有的关心。

而诺莉亚就不一样了。她喜欢这一大家子人。她给那个妈妈起了个亲昵的外号"琳迪"，也完全原谅他们晚交房租，说琳迪和她老公都是艺术家，又有那么多张嘴要喂。那些嘴还很小的时候，我们经常聚在一起做些

1　波罗与马普尔小姐是阿加莎·克里斯蒂写的侦探悬疑故事中的著名人物。

事情：晚上喝酒长谈，一起烧烤。琳达把我的苋米采下来烤了，然后拿着满街区地推销。一次，他们拿我的地做场地，搞了个弦乐四重奏音乐会，还真是有意思。但是后来，这群租客就没那么热情了，总是家门紧闭。也可能是因为诺莉亚和我年纪太大了，过时了，跟不上他们那些潮流了，所以他们就不来了。就是那段时间我开始叫她"老外"。一直到去年，我才又叫回她的名字"琳达"，那天她拿着一沓头巾来到"鲜之家"。

"我来教你老婆怎么包头。"她说。

做化疗掉头发这事儿对诺莉亚是个巨大打击。妮娜呀，我之前跟你说过的吧？诺莉亚很喜欢卖弄风情的，她可容忍不了任何人看到她光头的样子，所以她总要搞些东西来遮着，什么毛线帽啊、棒球帽啊，还有特别可怕的假发，让她头皮痒得都快疯了。她这么傻地折磨自己，又反过来让我发疯。"阿加莎·克里斯蒂"肯定跟她妈妈透露了一点咱们家这种私事，一开始我看到琳达这么不告而来，也不知道该作何反应。我担心诺莉亚会生气。然而，就像之前无数次事件结果所证明的那样，我还真不符合当今时代对男人的要求，一点都搞不懂这些女人的心思。琳达这样冒冒失失地来，还真是来对了。琳达口中的那些"破布"，让诺莉亚特别开心，有那么一段时间，这两个包了头巾的女人在过道上相遇时，整个小院就像那种"灵修隐社"似的。

然后，有一天，琳达出现在芥末屋，坐在了我那一桌。从那天开始，我们就有了个心照不宣的约定：咱们在那儿见面的事儿，只有天知地知你知我知。她也暂时离职了。显然，我们的那些文化机构对待失去亲人的人，就是劝他们休假。也许这是他们以自己的方式在揭穿一个谎言：在墨西哥，我们懂得如何同时面对生与死。

琳达比较谨慎，在芥末屋点的酒是伏特加。我就喝龙舌兰，反正也没人说我身上有味儿。酒保不时地穿梭在每桌客人之间，把我的龙舌兰酒端上桌，还配一杯很好喝的辣桑格丽塔果酒。琳达会"吃"这个酒，她把手指浸进酒里，然后吮吸手指上的液体。我很努力地想从这个动作里读出一点情欲的味道，但再努力也不行，我对她只有无限的温柔。她是高个子女人，我喜欢小巧玲珑的：诺莉亚矮得像朵小蘑菇。

我们每人最多也就喝两杯。我是因为酒量不行，她是因为之后还要去接孩子放学。琳达最晚待到一点半，总是伏特加一下肚就开始哭。她有一双深邃的绿眼睛，哭起来眼睛红肿。有时候我们会聊天，但有时候就只是互相打个招呼。偶尔我也会眼中泛泪，琳达就会要一些纸巾，我们就坐在那儿一起擤鼻涕。如果聊天的话，我们聊的都是旧日时光：她在美国的童年时期，我在墨西哥城的少年时代，我们在死去的亲人来到各自身边之前的人生。我们也会聊记得起来的那些歌剧，或者食物。我给她一些异域酱料的菜谱，她给我解释怎么做泡菜。

现在想想，婚姻和上午十点左右的电视节目也没什么区别。说到底，结婚就是一直看同一部老电影（最喜欢的一部），一遍又一遍地看。唯一变化的是中间插播的那些东西，就是有时效性的：新闻快报、广告之类的。我这么说的意思，不是婚姻很无聊。相反，失去这些实在是太糟糕了：把漫长时间凝聚在一起的东西，诺莉亚这个熟悉的存在带来的那种舒适，她填满了一切，填满了每个房间，不管她在不在家；因为我知道，除非她有心脏病人要处理，不然一定会回家吃午饭，睡个午觉，晚上又回来吃晚饭，看电视，最后那凉凉的脚搭在我腿上睡着。剩下那些什么世界大事，墙倒了，股票跌了，个人和国家的悲惨命运，这些都不重要。你想念的，是那种习惯，那些你习以为常的小动作，失去了才会意识到那才是生活的本质。不过，从某个方面来说，它们也不是，因为没有了它们世界照样运转，就像他们禁了苋米的时候。被西班牙人烧了自己奉为圣物的庄稼时，阿兹特克人是怎么想的呢？"这帮大浑蛋！"他们心里肯定会骂，还会说，"不行啊！没有苋米怎么活得下去啊！"但他们错了，我也错了：诺莉亚死了，生活还得照样继续。要认真说起来，的确是很痛苦的生活，但我还是要吃喝，还是要拉撒。

"那些虫子啊。"我老婆以前会这么说。

我真是一直都想不明白，怎么会有人觉得蝴蝶很丑，还是个米却肯人，那可是王蝶之乡啊。

"它们围着你啪啪啪地扇翅膀啊！"她争辩说。

然后她就摆出个风马牛不相及的理论，她小时候听过的荒唐故事。

"要是飞蛾在你眼睛旁边飞，它们身上的粉能让你失明。"

"你算是哪门子的科学家啊？"

"小心为上的科学家。很重要的，你听好了：你一定一定要确定，给你治疗的医生是信上帝的，至少得有点怕最后的审判，因为那些没有敬畏之心的人，只能算屠夫。"

过去三十年来，这个家里上映最频繁的婚姻电影片名如下：

《今天在诊所太累了——给我倒杯龙舌兰》

《一个博士生打了电话来（我不在家）》

《生育（前传）》

《苋米与农地》

《租户》

《钟落小院》

《呼机为谁而鸣》

《只是个女儿》

《鲜之家》

《姑娘们》

围绕"只是个女儿"这个说法，诺莉亚建立了一整套的口头神秘主义学说，我尽量还原吧，既凭自己的记忆，也靠妮娜·西蒙的帮忙。我也是个儿子，只是个儿子，现在是个老儿子了，但诺莉亚坚称我们选择不去做任何人的父母，引起了一些"症状"，我却从来没认同过。

诺莉亚给这种"只是个女儿"的情况取了个名字，"子女状态"。我告诉她，这个概念有漏洞，因为这就像作为"人类"或甚至"生存"一样，我们都是别人的子女。

"我不管。"她说。

然后我建议她这么看，我们有母性、父性和友爱性，那么把这个说成"子女性"或许更能说得通。但她什么也听不进去。

当然啦，"神秘主义学说"也不是个正经存在的词，但是整整三十年了，一个人的坏习惯肯定会传染给另一个人，现在就该我突发奇想地编造词语了。不管说什么做什么，谁也不许对妮娜·西蒙有什么看法。我绝对不会让编辑接近她，而且我做梦也不会愿意把她送到那个叫作"同行评议系统"的无底洞里去。

回到我刚才说的话题，虽然我自己不太认同"子女状态"的那些鲜明特点，但诺莉亚给我的诊断是，我身上表现出了每一种相关的症状。我强烈否认她对我的指控，至少在我内心的法庭上做出了反驳。因为她给我指出的那些缺点（我承认自己有时候会犯），我在有孩子的朋友身上也注意到了。年纪越大就越明显。我们都会没有耐性、易怒、不宽容、不懂变通、任性、体弱多病和顽固。而且是非常非常顽固：佩兹生了三个孩子，对所有人都越来越固执。诺莉亚说，有时候我的行为表现，是因为我没孩子。

"如果你有孩子，注意力和记忆力都会提升，你会更包容，也会更自律。"她对我说。

"这些跟孩子有什么关系啊，女人？"

"要是你有孩子，就得每天按时去接他们，如果忘了，那可会特别特别难过的。"

"嗯，我忘记事情的时候，从来不觉得难过。"

"不不不，阿方索啊，要是没有人提醒你你忘了某件事，的确不会觉得很难过。"

诺莉亚·瓦加斯·瓦加斯有个职责，就是在有人开我玩笑时提醒我，因为我根本就搞不明白。我俩有个提醒的暗语。她会把头往前摆，我就开始为自己辩护。有那么一两次，我有努力去想对方到底为什么嘲笑我，但从没想清楚过，所以我学乖了，最好是她发出信号，我再反击。

"大家伙儿，别再逗我玩儿了好吗？"我对每个人都说过这句话。罪魁祸首经常就是诺莉亚本人，遇到这种情况，只要我们离开了刚才的地方，她自己就会忍不住发笑，跟我说清楚。她总觉得我很幼稚。她以前总是会说我有三点失败之处：从来学不会如何捉弄别人，也没学过开车，不会游泳。她说这话的时候语气是温柔友爱的，好像这不过就是嫁给一个人类学家（如果是和医生聚，就说我是这个身份）或墨西哥城的土著（如果是和她那群米却肯州的家乡人聚，就这样定义我）必然遇到的事情。你要问我的话，最后一个可不对，因为我狗刨得还不错呢，我谢谢你啊！

重点是，诺莉亚绝对有刻薄的潜力，比她漂亮的程度更甚。特别是一开始，她的防备心总是很重（据她说是因为总在男人堆里工作，可谁知道是不是呢）。我们第一次激烈争吵时，她说了些我永远也无法原谅的话，就算她用尽一切努力去弥补也不行。她的话很简洁，而且在一定程度上也是对的："你打炮打得跟富二代似的。"

现在，我感觉就像那只充气鸭子。好吧，就让它做另一个我吧。有何不可？我写的这些东西，最后署名都是"光棍儿鸭，苋米大人"。等会儿看看我能不能记得保存吧。我想知道，他们到底什么时候才会把"保存"的那个软盘图标给换了呀？

对了，西蒙夫人，我可能得说清楚，我其实没有真的在休假。文件上可能写的在休假，但是别搞错了：无论是思想还是精神上，我都已经彻底退休了。如果我正式办退休，靠可怜的养老金我就该饿死了。我可是把"鲜味"这个概念介绍到全国美食语汇里的人啊！饿死！

都是因为那个老白痴从2001年起就不去好好照顾那块地了：玉米是很好养的，但也不能什么都不管啊！就算是玉米棒子，也得浇点水啊！就算是光棍儿鸭，也需要爱啊！你说是不是？

还有什么？

笔记本电脑。三角恐龙。嘟哇音乐。我要用这台新电脑做什么研究课题呢？

课题就是：诺莉亚。

2001

　　我在树林的地上爬来爬去，唱着"脏眼法法法法"。我想采点蘑菇。不过一点也不想遇到鼻涕虫。我才刚刚学会"脏眼法"[1]这个词，就是说没人看得见我。我就像蘑菇和鼻涕虫那样，藏在树叶下面。树叶是从树上掉下来的，棕褐色，像坚果一样。那种带小尖刺的绿色球球也会掉下来，艾玛外婆说里面也有坚果。它们就掉那么

1　这里应该是"障眼法"（camouflage），但因为书中的人物刚学会这个词，所以记成了"camuflash"。

一次，然后就一直待在地上，慢慢变成棕色，慢慢烂掉，和泥巴一起施展"脏眼法"。一大家子的树，就是一片树林。这片树林是外婆的邻居。算是吧。在墨西哥，我们的邻居都住在小院里，但这儿只要住得还算近，都可以叫邻居。要么离你近，要么离那个湖近。在这儿不管去哪儿，都得坐车，什么东西都有"脏眼法"。比如，外公就和那湖水一起施了"脏眼法"，哦，是他的骨灰。外婆一个人去湖岸边散步时，会跟那些骨灰说话。她也会把烟灰弹进水里，跟外公做伴。我不记得外公长什么样了，但我姐记得。她说他鼻头特别红，喊我们的名字时总是很含混不清：安、梯奥、奥姆、罗丝。

化成灰之前，我们的外公是个飞行员，所以我们有免费机票，经常像鸟儿一样飞来飞去，不过我们没有羽毛，也不开心。好吧，还是有点开心的，因为可以看电影，还有人把三角奶酪放在托盘上给你端过来。妈妈说，她的飞行员爸爸去世以后，外婆把他所有的毛衣都拆了，又重新拼拼缝缝，给我们大家都做了衣服。奥尔默说这是我们的"死飞行员羊毛衣"。

妈妈开始吹口哨了，还同时把靴子弄得叽叽吱吱地响，是在做音乐呢。外婆一听这首歌就会大笑。妈妈一只胳膊上挂着个篮子，外婆挽着另一只。她头上包了一块白布。她说往头上戴的这些东西就叫"破布"。妈妈的篮子满满的，但那是因为她无论找到什么都放进去，这是作弊。外婆不认可妈妈的采摘技艺。她就说了这些话，还拽着妈妈的胳膊不放，不管她这首叽叽吱吱的歌有多可爱。只要妈妈采了一朵蘑菇，外婆就会说：

"有毒。"或者，"这朵还行，但是味道很差。"或者，"求你了，那朵碰都别碰。"

她什么都没对我说，因为我又没作弊。这次，我们回到她的家后，外婆叫我"小花生"。

"去年夏天你还只是颗小花生呢！"她说。

我喜欢这个名字。但安娜说："她是说，你还只是个宝宝。"

这个我就不喜欢了。

"我快要满六岁了。"我对艾玛说。

"五是幸运数字哦！"她说。

今天，男生露营去了，我们女生留下来采蘑菇。艾玛给了我们篮子和塑料袋，给我们讲了要摘什么样的蘑菇："黑色小号。"在西班牙语里，这种蘑菇的名字叫"las trompetas de la muete"，就是死亡小号，但黑色和死亡不是一回事啊！英语不太可信呢：什么东西翻译过来都是错的。那些蘑菇其实也不是黑色的，更像是深棕色的。我是清楚的，因为艾玛给了我一朵，是属于我自己的，放在一个三明治包装袋里。我一直把袋子拖在身后走来走去，现在上面全是泥，看不到里面是什么。我给我的死亡小号施了"脏眼法"。而且这朵蘑菇很开心，我看得出来的。艾玛说这是给我做参考的样本。"样本"就是某种东西中的某一个。

男生那边有我爸爸、皮娜的爸爸贝托和我的两个哥哥。他们把独木船划走了，今晚就睡在湖中间的一座岛上。我想跟他们一起来着，但我看到西奥往他背包里塞了几把吸管，我心想，最好还是在女生这边吧。昨天，皮娜让我们把头藏在湖水底下施"脏眼法"，含了根吸管来呼吸，感觉真是好可怕。只有西奥撑得比较久，现在他就觉得自己是吸管之王了，他想整天都玩儿吸管。

我们这边大女生就是我妈妈和艾玛，小女生呢就是我、我姐姐安娜、她朋友皮娜。皮娜腰上绑了一件死飞行员羊毛衣,但不是她的,她是没有这种毛衣的,因为她不是我们家的人。我们叫她"皮",如果觉得她烦,就会叫她"皮皮",安娜就会很生气。皮有点伤心,因为她妈妈留给她一封信。要是我妈给我留了一封信,我会很开心的。我把这些话说给安娜听,她说:"那是因为你笨。"

安娜十岁了,她觉得自己是森林女王。

妈妈把毛衣借给皮娜时,我马上就想要自己那件了。妈妈说我得把别的衣服都脱了,才能穿那一件。所以毛衣下面我只穿了游泳衣,所以我在这儿爬来爬去的,膝盖才会沾上泥巴而直发痒。所以我才一直待在泥糊糊的地方,这样我可以从泥里蹚过去,不会觉得痛。

我发现一条泥巴河,就顺着爬下去。虽然这条河不在我们的路线上,虽然我们实际上并没有路线,因为林子里的树都是一排排种的,如果你找对地方看过去,每一棵都藏在另一棵的后面,一排排的树之间,没有栗树的地方,就是空地,只要是空地,就是我们的路线。

我的死飞行员羊毛衣是黄色的,穿在身上痒痒的。但袖子太长啦,我只能把它们卷到肩膀上,一层层跟手风琴似的。今天早上西奥说有种巨型鼻涕虫，黄黑色，名叫香蕉鼻涕虫。他说我穿着那毛衣就像一条香蕉鼻涕虫。但是奥尔默说如果非要说我像什么，那也是像一根烂香蕉。我跟他说，他的脸像豪猪。西奥说："露丝在对的那边。"[1]

要去湖上的时候，他们说话都奇奇怪怪的。所以我才不要说英语。我永远也不会说英语。说英语会让你变得很奇怪。

我坐在这条"河"的一头，抓起泥巴抹在脸上，因为大家都知道，敷泥巴面膜能让人变漂亮。敷泥巴面膜，还要喝番茄汁，但是番茄汁是假果汁，因为一点也不甜。然后呢，我就看到我脚边有一样东西，我看到啦，这个东西就是黑色小号蘑菇。我没有动，我又瞥到另一朵，三朵、四朵、七朵，一共七朵。我把我的参考样本拿出来看，对，它们就是八胞胎。外婆说，找到了一朵，就能找到很多朵。我转过身，又趴在地上，开始朝它们唱歌，唱得比之前更快，好让更多的蘑菇出现。

1　原文是英语和西班牙语夹杂。

70

"脏眼法法法法法法。"

有用的。

之前一朵蘑菇都没有的地方，突然有了几百万朵。很像奥尔默书上那种考眼力的图片，你要是一直盯着图片看，就什么都看不到，但要是你对对眼，就能看到一只恐龙。

"小号！小——号——"

看到妈妈了，她从树林之间现身了，我朝她大喊。

"哪儿呀？"她说。

"跪下来看。"我说。但她只是蹲了下来。我给她指，她很快也看到了。蘑菇到处都是，跟尘土一个颜色。黑色小号可真是脏眼法大师啊！

皮娜和安娜过来摘我的小号，我想让她们走，但我什么也没说，因为她们一直说我干这个多么能干，我的面膜看着有多棒。艾玛摘了几朵，闻了闻。她说我们要用黑色小号、大蒜和白葡萄酒做意大利面，还说："我跟你说了，五是幸运数字吧？"

"我是颗幸运花生。"我说。

"你是我最爱的松露小猪猪，就是的。"妈妈边说边把我的袖子卷上去。

我也不知道松露小猪猪是什么，但我猜是用那种很棒的巧克力做出来的小猪猪。我站起来，两条腿完全变成棕褐色了，两只手也是，脸也是。我猜她是因为这个才这么说的。我是一颗全身都裹了巧克力的花生。

"想不想去洗个澡？"外婆问我。

"现在不想。"我跟她说。

"好吧好吧。"她说。

安娜和皮娜把采下来的小号拿到家里去了，因为最后我们采的蘑菇把一个巨大无比的纸袋子都装满了。剩下的人就继续留在林子里，因为外婆想让我们找另一种蘑菇——鸡油菌，黄色的，但跟妈妈篮子里的黄色蘑菇都不一样，也不像我毛衣的那种黄色，更不像香蕉鼻涕虫的那种黄色。妈妈说那种鼻涕虫只有另一边才有。

"湖的另一边？"我问。

"国的另一边。"外婆说。

我想找到鸡油菌。我会找到的。我们到处走。我膝盖上沾了好多泥巴，好像两坨牛粪糊在上面。我喜欢这样。我喜欢和大人一起，因为他们不会偷偷咬耳朵说悄悄话，也不会让你用吸管。有一次，皮娜和安娜想在我屁股前面插一根吸管，因为她们说我们女人那儿都有个小洞洞，用来生小孩。但她们找不到，就跟我说我没有，我永远也生不了小孩。我觉得没关系，因为小孩很笨，而且可能对自己的妹妹很凶，就算那个妹妹很可爱又很漂亮。

妈妈采了一朵蘑菇，放进已经很满的篮子。

"那是一朵神奇蘑菇。"艾玛对她说。

"真的呀？"我问。

"她的意思是这蘑菇会让你想睡觉。"妈妈说。

"还会让你咯咯笑。"外婆说。

"还会让你看到平时看不到的东西。"妈妈说。

我说听着还不错嘛，但这也不算神奇啊。

"是哪一朵？"我问。她们指着艾玛手里的一朵，但又不许我去碰。艾玛捡了些栗子，我看着她把栗子放进毛衣口袋里，口袋被撑得很大很鼓，有点像我们圣诞节来看她的时候，她挂在烟囱上的袜子。她往袜子里给我们塞些没用的礼物，像水果啊、转笔刀啊。

"你要吃了它们吗？"我问。

"我要画它们。"她说。

"什么颜色？"我问。

"不是在蘑菇上面画，我要把它们画成静物画。"

"艾玛画作《采摘：静物》。"妈妈说。

"今年就画极简静物画。"外婆说。她们两个都笑起来，我也笑起来，好让她们觉得我听懂了她们的话；不过也因为这种笑就像合唱，你要是不笑，就像你没在唱，要是你不唱，就像你面前有片湖，你穿了游泳衣，又不跳到湖里去。就像安娜，她从来都不愿意游泳。她说河里的泥很恶心。但她其实是觉得只穿泳衣很难为情。我很想念以前的她，不会因为一点小事就难为情，也没现在这么凶。

艾玛让我们帮她拿着栗子，她在衣服的大口袋里翻打火机。我拿着的栗子掉了几个，但是她不介意。她脖子好长，像长颈鹿一样。她总是一副很伤心的样子，除非碰到什么事情让她哈哈大笑，笑得脖子往后仰。她有黄牙齿，红头发，不过离头皮最近的那些头发不红，是白的。她有辆旧卡车，上面有很多毯子，都可以住在里面了。她还有很多五颜六色的保温瓶，她会往里面装热热的东西：牛奶、茶、汤、咖啡。她的右手上总是夹着根烟，左手扶着右手肘，让我想起爸爸妈妈练习的时候用来放乐谱的乐谱架。等我长大了，希望能像外婆这个样子，但是要住在墨西哥。但我妈妈说，从基因上来讲这是不可能的。艾玛是我的外婆，只是因为她嫁给了我妈妈的爸爸。"基因"就是你"基本上"长得像另一个人。妈妈看着就不像艾玛，但反正她也叫她妈妈。艾玛只比她大十岁，但是她还是叫妈妈"小朋友"。她把我们全叫作"小朋友"，叫我爸也这么叫。但她对贝托，就叫"贝多多"。

"我从来没跟你爸结过婚，"艾玛说，"严格来说。"

"同居，"妈妈用西班牙语说，"就是跟他一块儿住之类的呗。"

艾玛想说西班牙语"同居"这个词，但是她发不出那种小舌音。

"等我长大了，也找个飞行员一块儿住。"我跟她们说，然后又趴在地上，爬走了。我是一条踩了高跷的香蕉鼻涕虫。

皮娜的妈妈跟她讲了小宝宝是怎么来的。现在皮娜就想解释给她朋友听，但她经常讲着讲着就乱了。安娜跟她保证说，自己身上绝对没有洞让阴茎去钻的。皮娜让安娜看看她的身体，说她肯定是有的，以证明自己的妈妈没骗人。安娜把她的裤子和短裤都拉下来。"短裤"是安娜的说法，因为在阿加莎·克里斯蒂的英国，人们就是这么叫的。皮娜就直接说"内裤"。

她俩把安娜的衣服铺在石墙上，这石墙环绕着酒店的小操场。安娜躺在那堆衣服上，然后任由两只脚垂在两边。皮娜全神贯注地给她检查。她想起来，自己并没有男人的阴茎，所以得要个什么工具，才能找到安娜的小洞洞。她跳下墙，打开背包，找出一支比克铅笔。她按了按笔头，把铅芯按出来了些：她可不想一直把它插到朋友的阴道里去。妈妈说，必须这么说："不是你的尿尿洞，不是女人的那东西，也绝对不能说是你的'花'。"

皮娜对于用比克铅笔又有点犹豫。万一没弄好铅芯断在安娜身体里，永远留在那里，然后到了她生孩子的时候，生出来的宝宝全身都是银闪闪的灰色怎么办？要么她用有橡皮擦的那头？这些话皮娜都没跟安娜讲，光是叫她脱衣服就够难的了。安娜觉得自己什么都知道。她说妈妈和爸爸"做爱"造出了宝宝。安娜的妈妈就是这么跟她讲的。皮娜一想起这个说法就觉得很烦躁。首先，这么说本身就很蠢；其次，如果真是这样，安娜的爸妈有四个孩子，那就说明，他们比皮娜的爸妈更相爱，因为皮娜的爸妈只生了她一个孩子。就像他们已经没有爱可以做了。皮娜想趁这次机会，让安娜彻底明白她错了。生孩子跟爱一点关系也没有。就是一种生理上的、很机械的事情：男人把阴茎塞到女人的身体里。皮娜的妈妈解释这件事情的时候，全都用了正确而得体的名词：男人的阴茎射出一些小蝌蚪一样的东西，那些就是小宝宝的种子。

酒店那头有个游泳池，有的孩子在游泳，大一点的孩子在池边喝啤酒，安娜和皮娜在照顾露丝。石墙和皮娜的背包之间，有几个秋千，露丝坐在其中一个秋千上，皮娜拍了拍她的头：她的头发打着小卷儿，哪怕是用最轻的力气拍一下，也会晃动起来。接着，皮娜又爬到墙上，安娜正踮着脚在上面走路，假装自己是个体操运动员在平衡木上表演。皮娜轻轻地推了推她，安娜有点失去平衡，但马上又站住了。

"别闹，皮娜。搞不好我就跟蛋头先生[1]一样掉下去了，他们得抓你去坐牢。"

皮娜没有问蛋头先生是谁。安娜说起这些美国佬才知道的东西时，皮娜从来不叫她解释。

"躺下。"她说。

---

1 Humpty Dumpty，又译"矮胖子"，是著名英语童谣中的人物，其中有"蛋头先生坐墙头，栽了一个大跟头"这样的句子。

安娜躺在那一堆衣服上。

"腿张开一点。"

安娜张开了腿，但总是左摇右摆地停不下来，皮娜找不到能进去的地方。

"别动！"

要么是眼前这幅情景，要么是别的什么，反正露丝是被逗笑了，她"咯咯咯"地笑个不停。皮娜朝她瞥了两眼。她正推着一个空荡荡的秋千。安娜和皮娜在研究这个生孩子的洞之前，也互相推秋千来着。皮娜现在把手贴在脸上，还能闻到秋千链子的铁锈味。

皮娜拿着比克铅笔，轻轻地在安娜身上寻找能进去的地方。她想象中的生孩子小洞有个秘密的入口，你得用阴茎或者铅笔橡皮擦的那头找准某个点按下去，才能打开那个洞。有点像闹钟后面那个基本上看不到的洞，你得拿个别针去戳一戳，才能设置时间。

安娜放弃了希望。

"我没有洞。"她双唇颤抖着说。

皮娜继续寻找。她把安娜弄哭也不是一次两次了，最后她总会没事的。不过，这次，安娜把双腿夹紧了。

"可能胖的人就没有洞。"

"别傻了，"皮娜说，"所有的女孩子都有洞。不然怎么尿出来啊？"

她说话就这样，就算她知道安娜想听的话其实是"你不胖"。但她胖啊，有一点胖。其实，皮娜的妈妈跟她讲过了，尿尿的洞和生孩子的洞不是一个，但她想象中两个洞也挺像的：反正都是邻居嘛。它们就像同住一个小院一样。

"可能我尿个尿，你就能看到尿从哪里出来？"安娜建议。

"那也太恶心了。"皮娜一边说，一边以威胁的表情挥舞着铅笔，"你不能尿到我身上，不然我就去告你，让露丝一个人荡秋千。"

露丝正在对着秋千唱摇篮曲。也许她能看到有幽灵坐在秋千上。皮娜和安娜之前就讨论过这种可能性，因为露丝总是在跟看不见的什么人聊天。她们还没想清楚呢，皮娜就听到秋千撞在露丝额头上，发出一声闷响。小女孩尖叫着，一屁股坐在地上，大哭起来。

"嘿，露丝丝，露丝丝，"皮娜喊着，"嘿，过来帮我一下。”

　　但是露丝好像根本没听到她的话。安娜跳下墙，来到她妹妹身边，把她抱到秋千上，轻轻推着她。

　　"我们还没完事儿呢！"皮娜说。

　　"要不咱们看你吧？"安娜说。

　　"要脱裤子，我不好意思。"

　　"我都脱了！"

　　皮娜从墙上把内裤甩给安娜。露丝大笑起来。她笑起来很可爱。露丝一笑，皮娜就想，要是自己也有兄弟姐妹就好了。露丝把内裤放在头上，像戴帽子似的，但安娜一把把它拽下来，又朝墙头扔回去，结果掉在草地上。安娜有时候对她妹妹脾气可够暴的。他们四个有时候彼此之间都挺暴躁的，他们一暴躁起来，皮娜就觉得自己不想要兄弟姐妹了，特别是四个，千万别。

　　"我自己在家试了一千遍了，从来没找到过。"她说。

　　"你都不知道阴茎长什么样子，怎么真的试啊？"安娜问。

　　"就那么试啊。"

　　"怎么试？"

"好吧，我没试。"皮娜承认，"我爸爸就是不给我看他的，我妈都朝他吼了：'很符合天性的，符合天性！'但他就是不想，所以就没办法了。"

"我经常看我弟弟的，就像小指头似的。要不我们在露丝身上找找？"

"万一她告我们怎么办？"

"那我们就跟妈妈说，她尿裤子了，我们得帮她换短裤。"安娜说着就把妹妹从秋千上提溜下来。

"行吧。"皮娜说着把比克铅笔里的铅芯全倒了出来，数了数，一共八根，然后放进口袋里。她不想冒险，别把铅芯断在露丝身体里了。接着她又想到一个办法。秋千附近的地方有人放了杯饮料，里面插了根吸管。皮娜把铅笔揣进兜里，从罐子里拿出吸管，在裤子上擦干净。

两人帮着露丝躺在安娜摊在石墙上的裤子上。皮娜想把她的泳衣脱了，但她脱不下来。这跟给娃娃脱衣服还是不太一样的，不过安娜还是知道该怎么做。皮娜看着安娜麻利地摆弄那些绳子、带子的，突然想到，其实秘诀就是不要怕，她还想到，有兄弟姐妹的人是最不会怕的。露丝还在咯咯笑着，唱着歌："秋千上，秋千上，秋千上呀，有个小小的秋千女。"

"她在说什么呢？"安娜问。

"太诡异了。"皮娜说。

但露丝还在继续唱她的歌，一边唱一边编。安娜抓住她的膝盖，和她一起唱，想转移她的注意力。

"秋千上，秋千上，秋千上呀……"

"别唱了，"露丝说，"这是我的歌。"

结果这个阴道的秘密入口比上一个还难找，而且露丝让皮娜更难好好寻找了，因为只要吸管离她近一些，她就不安分地蠕动起来。一开始露丝还在哈哈笑，但接着就开始哭了。安娜按住她的两只手腕。但皮娜几乎立刻就放弃了。当然还没有人惩罚过她，但她隐约觉得，她做的事情肯定会被罚得很惨。她们放开了露丝，给她挠着痒痒，挠得她翻着身子，差点掉下墙去。

"可能露丝和我就是没有洞吧，"安娜说，"所以才是姐妹。"

"你不懂。"皮娜说，她现在对什么事都没那么确定了。她跳下墙。

"要是你没有洞，那就永远不能生孩子。"她说，然后在一个秋千上站起来，然后腰部一前一后地动着，很狂躁地给自己摇着秋千。她想着，小洞洞、阴茎、那种小蝌蚪一样的东西都不存在，这些只不过是给笨孩子讲的故事而已。就像她妈妈经常讲的那些故事一样，比如，她说她会去学校接皮娜，结果来接她的却是爸爸。就像她说皮娜可以跟她一起去上舞蹈课，结果她没带皮娜就去了，而且什么也没说，皮娜就穿着舞衣孤零零地站在厨房里。

她们听到一声口哨。露丝听出来是谁吹的，开始拍手。几秒钟后，琳达就到秋千这边来了。皮娜很慌。她怕琳达阿姨会告她的状。她不再前后荡了，而是一动不动地站在秋千上，双手紧紧拽着秋千的铁链，眼睛死盯着自己的脚，又看着自己在草地上的影子，再看看躺在那里的安娜的内裤，像一只死掉的蝴蝶。琳达宣布，大家都得回墨西哥城了。是急事：艾玛外婆来了，想给大家一个惊喜，结果没人给她开门。

"你们几个，都给我穿好衣服！"她下了命令。她说的"都"，不包括皮娜。只有皮娜的衣服穿得好好的。皮娜要在那里待上整个周末。

II

　　中午，我出发去借工具。我出门的最大原因，就是不想跟我那个情绪失控的妈妈待在一起。她真是彻底疯了。今天上午她闯进我的房间，尖叫着："倒回去！"

　　"嗯？"

　　"倒回到那首歌，"她说着坐在露丝以前的床上，现在是我的躺椅了，"把遥控器给我。"

　　我把遥控器给她。音响放着一张我不怎么熟悉的CD。妈妈疯狂地按着快退键，把歌完全弄乱了，跟切洋葱一样。"看那大眼鱼儿游啊游……鱼就应该在海里游……这个疯子决定不要呼吸……"

"你这是怎么啦?"我问。她终于把遥控器甩在床上,让歌正常地放下去。

"这个你放给露丝听过吗?"她问我。

"没有,陛下。这是玛丽娜才刻好给我的。"

妈妈继续瞪着我。我哈哈一笑。然后她站起来,把CD从音响里拿出来。

"我不准你听这首歌,"她说着已经走到了门口,然后,她又看着CD的封面说,"我不准你听戴夫·马修斯的歌,或者他的乐队!"

"哦,好吧。"我跟她说。妈妈还从没不准我做过什么事呢。

"还有,不要说'没有,陛下'。"说完她就消失在走廊那头。

"你这是要我神经错乱,真的!"我尖叫起来。但她已经走了。我下楼去吃早饭的时候,发现那张CD被掰成碎片,扔在厨房里。

我走到小院的过道上，橙红色的光照得我眼睛生疼。昨晚我熬夜看书了。我读完了一整本小说，不过非常好读，不像艾玛给我的那些。小说的"女角色"十五岁，得了脑瘤。她说自己的咪咪看着跟香蕉似的。那这就成了我最喜欢的书了，因为人们通常都会暗喻说咪咪像苹果、甜瓜或者橙子。这应该算是明喻了吧。但当我弯下腰的时候，我的咪咪就会垂下来，搞得我不像十三岁，反而像四十岁，所以我再也不在皮娜那儿洗澡了，就算她家有很大的浴缸。皮娜喜欢在我洗澡的时候跟我聊天，我不想让她看我的裸体。她的咪咪很大很挺。要做个明喻的话，我会说：像外婆的帽子。两个咪咪尖端分别有深色的乳头，好像榛子。但我呢，我的平平的，我的皮肤又很苍白，我可怜的青筋透出来，感觉像某种坏兆头。唉，反正，我不想再想这个了。"姑娘们"在过道的一个角落里晒着日光浴。阿方有时候把她们在外面一放就是好几个小时。我走到她们的双人婴儿车那里。

"'女角色'不是个词，"我跟她们说，"但应该成为一个词。"

我推着红色手推车，这样无论从邻居那里骗到了什

91

么，都好带回去。我先从街对面那栋房子开始：丹尼尔和丹妮拉就住在最前面那家，养了两只八哥犬，还有个小宝贝，马上要再生一个孩子了。他们人不坏，但脾气也没那么好。他们家里每个房间都铺着白瓷砖，搞得整个家就像个巨大的浴室或者宇宙飞船。所有的家具都是深色的仿皮，不过宝宝的东西不是，都是黄色的，因为他们不愿意买蓝色或者粉色的东西。有些时候的下午，皮和我会帮他们照顾宝宝，顺带把他们半空的书架翻个遍。大部分都是日本漫画，还有一本书说男人女人来自不同的星球。他们家有件好东西，就是那台巨大的电视，比小院里其他家的都大。宝宝睡着了以后，我们就随便看看节目，都是丹尼尔下载的，还警告我们不许动。

我应该猜到的，他们不在家。我拿出事先准备好的便笺，把他们的名字写在最上面（丹尼尔，丹妮拉，宝宝）。宝宝就叫宝宝，因为他们还没给她起名字。他们觉得在给孩子起名字之前应该先了解孩子，因为如果是反着来，那就是强迫孩子去接受那个名字的性格，而不去发展自己的天性。我爸爸说（不过没有当着他们的面），大家都会永远叫她宝宝了。但"双丹"是不愿意这样的，他们只是拒绝在不考虑孩子感受的情况下就给她起名字。他们在等宝宝长到一定的年纪，能对这件事发表意见了。皮娜的爸爸提醒他们说，这事儿在墨西哥其实是犯法的。但丹妮拉根本不听他的。在她看来，名字要么成就你，要么毁了你。她说她高中的时候有个人叫亚伯，被他哥哥给碾死了。

"故意的吗？"我问她。

"是意外，"她说，"但你看不明白吗？这是他的命。"[1]

我把那张便笺塞进门缝，然后跪下来看到底有没有进去。我面前有一双脚，一动不动地站着。我的心开始咚咚跳。我赶紧爬起来，全力跑回小院。红推车在卵石路上咔嗒咔嗒响。我跑进了小院，安全了，赶紧捶了捶离得最近的门。太诡异了，那双脚就站在门边，但是不开门。肯定是丹尼尔，我告诉自己。他肯定有别的女人。

最近的门就是"苦之家"。住的是玛丽娜。我的弟弟们叫她"门多萨小姐"，就是她写在邮箱上的名字。但在

---

1 亚伯是《圣经》里的人物，死于其兄该隐之手。——编者注

那之前她就跟我说过，"叫什么门多萨小姐这事儿"让她觉得自己"又老又松"，说她"只有"二十一岁，呃，这个年纪在我眼里已经是老处女了。她肯定是租户中单身的代表。皮娜和我严格来说也是单身，但皮娜说她肯定是要在十四岁之前结束这种状态的。她发誓说，一定要在马图特（反正就是她妈妈去的那个海滩的名字）来一段"夏日恋情"（她的原话）。

有时候玛丽娜一个人住，有时候身边有个男朋友。总是时不时地来个新人，通常都帅得很，我要是在过道上偶遇他们，还得拼命在脑子里背诗，才会不脸红（"棕色毛毛虫爬得急，到海滩上散散步也散散心；我听唱歌的美人鱼，你唱给我，我唱给你"）。但其实从来没起过作用，我通常脸都是涨得通红的。也可能不应该说"帅"，应该说是"高"。我说玛丽娜是"本地"老处女，意思是在我们钟落小院，我生活中的所有事情都是在这里发生的，不过我在街角的学校和隔了一个街区的"米却肯"餐厅也待得很久。我们这些城里的孩子，活动范围真是小得可怜呀！

几个月前，邻里协会从附近大道上的五金店买了几公升便宜处理的玫瑰红油漆，那颜色很可怕。都是玛丽娜的错：她对颜色有执念，特别是颜色的名字。这是她选的颜色，因为罐子上标的是"珊瑚色"。我猜她是觉得涂上珊瑚色，住的地方就会有更接近海洋的感觉，更符合她的名字（她的名字中有"海"的意思）[1]。我们都得轮流去刷墙。就连我妈妈都从她的小"泡泡"里出来，刷了会儿墙。现在，要是你走在我们这条街上，刚好有人把小院的门打开了，你就会感觉里面好像撕开的喉头：长长的过道仿佛是由活体组织做成的，充满纹理的墙上有露珠一样的阳光投射下的斑斑点点，像唾液一样。

　　玛丽娜给我开门，她穿着牛仔裤和白衬衫。算来在所有的时尚流行趋势中，我花最多时间观察的，就是她的穿衣风格。我不是很懂，但我很喜欢。玛丽娜刚来小院的时候，会帮忙照看我们，好让妈妈为露丝悲痛伤心。她会让我们去"甜之家"坐下来，我爸妈就在这里开音乐学校，周围都是乐器。然后我们整个下午就涂涂画画。真是无聊到死了，但我们可以从窗口看到有很多女人到

1　玛丽娜对应的英文"Marina"与表示海洋的单词"Marine"仅有一个字母的差别。——编者注

小院看妈妈，像个送葬的队伍。她们小心翼翼地、慢慢地在过道上走着。那时候过道的墙还是一种泛着紫的颜色，玛丽娜说那是"臭丁香色"。这些女人，看着就像一群从疯人院逃出来的人，总是很焦虑，总是急匆匆的，好像刚刚摆脱一场堵车，或者是抽干杂事的间隙顺便来看看。有的会从窗口看到我们，闯到学校来，拥抱得我们喘不过气。然后她们就到我们家去。要是幸运的话，妈妈会和她们喝点酒喝点茶，之后她们就很平静地离开，我妹妹的死，就像给她们吃了药，让她们看清自己内心的痛苦挣扎。有些时候呢，妈妈连门也不给她们开，于是这些人就很伤心很不高兴，又回到"甜之家"来，我们就只得帮妈妈编些理由。

"她在排练呢。"我们会说。有时候她是真的在排练。

"你爸呢？"这些女人还不放弃。

然后我就讲实话，也是一样的："排练。他马上有个音乐会。"

搬来这里的第一年，我有时候感觉他们总是在排练，完全走不开，而我们就在他们那个寂静无声的音乐学校里坐着，周围是没人摸过的乐器，走廊上堆满了装礼物的花篮。那时候我就知道，墨西哥的圣诞礼物产业发展得挺好，而且高度美国化，但是跟死亡有关的礼物呢，最棒的当然是我们自己的"安慰美食"。在我妹妹夭折之前，我还从来没收到过这么多袋墨西哥的甜味零食呢，什么南瓜酥、糖酥棒、软糖膏……我觉得他们给我们带糖果这事吧，挺蠢的，而且挺没礼貌的。但我也不会不吃。我妈和玛丽娜以前也经常见面喝酒喝茶，但去年她俩突然话都不说一句了。我一直没搞明白是为什么。我问妈妈，她说玛丽娜是个叛徒，还说她是敌人之类的话。但上一次我又引导她聊这事儿时，她说："因为我就是柯里昂教父那样的人，你最好不要惹我的人，不然……"

"不然……什么？"我问。但她只是向我吐了吐舌头。

我不敢去问玛丽娜怎么回事，但有次她无意中说了真心话，她觉得妈妈是个"怨妇"。她还说，妈妈还沉浸在悲伤中，这是"病态"的，说她活得"与世隔绝"。但妈妈没有，真的。妈妈还会参加排练，而且又回"甜之家"教课了。如果我们在学校里有话剧演出什么的，她总会来看。不过，她倒是不在音乐会上演奏了。

"那你为什么还排练呀？"大家都问她。

"因为这样我的头才能在水面之上，勉强过得去。"她回答，仿佛音乐给予她的生命线是看得见摸得着的：好像大提琴的基座是个又大又鼓的救生圈，托着她，不让她滑到水下去。就好像露丝的死在我们家留下了一条脏污的河，我们都在这条河里面跋涉。不过，我们的悲伤其实连河都称不上，只能说是一潭死水。自从露丝淹死之后，家里总有什么东西让人窒息。倒也不是每天都这样。有的日子里你会觉得，我们家里剩下的五个人又都活过来了：我长了青春痘；有女孩子给西奥打电话；奥尔默在演奏会上做了首演；爸爸巡演回来了；妈妈决定烤个派。但过一会儿你到厨房去，就看到那个派摆在木头台面上，是生的，一半已经按步骤戳了小洞，另一半没动，而妈妈就站在旁边，犹豫着，手里举着叉子。那个时刻你就会明白，我们这一家人，也会像露丝一样，永远是"快满六岁"的状态。

玛丽娜跟我打招呼，和跟每个人打招呼都是一样的：掰着你的脖子，在你脸颊上亲一下（如果你不认识她，或者跟我的弟弟们一样傻，可能会以为她要亲你的嘴呢）。从这个角度，我能看到她穿着黑胸罩。可能我也得穿胸罩了。十三岁，人生第一个需要胸罩的年纪。如果是爸爸带我去买，那就太不好意思了。不过等皮回来，也许会愿意和我一起去。我走进"苦之家"。每次进这个门都会让人吃一惊。首先，家里面每次都会不一样；其次，这个家总让人感觉有什么地方很夸张，好像在起着泡泡似的。嫩黄色的沙发上有一堆靠垫，这是整个家里唯一不变的室内装饰。有的靠垫上还有很小很小的亮片，站对了地方你就能看到它们一闪一闪的。玛丽娜赠给我的一些靠垫套，占据了我躺椅上的重要位置。我在套子里塞的是塑料袋，也是玛丽娜教我的。露丝肯定会说，玛丽娜是回收女王。她那些我很喜欢的衣服，都是二手的。她双手把在屁股上，说："什么事儿啊小姐？"

在两个人闹翻之前，我妈还会教玛丽娜英语。她和爸爸刚认识的时候，还教过他，但爸爸到现在说得还是很糟糕。按他的说法，从原则上你就不能相信那种"自由"和"免费"都是用一个词来表达的语言[1]。只要爸爸在，妈妈就跟我们说西班牙语。爸爸说，她是不希望我们最后变得像外国人。可我们就是外国人啊，或者说，至少我们都有两本护照。就连露丝都有美国护照。护照照片上她还是个小宝宝，才几个月大。妈妈把她抱在怀里，露丝的表情很严肃，又有点呆，我这个妹妹好像在那个时候就看到了自己将要走一段多么沉重的路。这个五厘米乘以四厘米的身份证明，就是个不祥之兆。

　　我只是跟玛丽娜说我设计了个花园。我不太想跟她解释我爸妈还是觉得每年都应该把我送去那个"悲剧中心"，淹没在水草和回忆中，还要被艾玛神经质地一直监视着；为了能不去那里，我必须做一点看得见的事情来交换。她肯定也不会很欣赏"农地"这个词，会觉得太幼稚了。不过嘛，设计，肯定就是她感兴趣的事情了，我想。

　　"现在我已经做好准备，要真的去建这个花园了，所以需要工具。"我继续说。

1　英语里的"自由"和"免费"都是"free"。

但我这句话还没说完，就意识到自己的要求有多可笑。这屋里堆满了燕子绒，我能在这里面找到的最有用的东西，很有可能只是一把勺子。如果真的有把勺子，那很可能是我妈妈给她的餐具套装里的，因为那天她发现玛丽娜一直都用回收的酸奶罐子吃饭。

玛丽娜的双手还是把在屁股上，她抬起手肘，弯起腰，胸骨离我越来越远，锁骨却越来越凸出。她在想事情的时候总是会这么做，样子就像一把曼陀林琴。然后，一瞬间，她又迅速挺直身子，离开了这个房间。我也不知道她是什么意思，但还是站在原地等着。我的头顶上是个新的灯罩，就是在灯泡周围用那种透明的小水滴围成一个个半圆，像个幽灵蜘蛛。说得准确一点，这个灯罩很"缥缈"。肯定是用塑料做的，因为玛丽娜从来不用玻璃。妈妈解释过，那是因为玛丽娜小时候看到她爸爸用牙齿弄碎了一杯酒。光想想那个场景我就全身起鸡皮疙瘩。其实，只要我想起一点鸡皮疙瘩，就会这么想象：妈妈冷静地咬着她的酒杯，嚼着吃了。

玛丽娜又回来了，朝我微微地鞠了一躬，递给我一把锤子，这真是我见过的最可爱、最小巧、最搞笑的锤子了。只有普通的锤子一半大小，锤身上印着复杂的花草图案。玛丽娜把锤子拧开，给我看把手一边暗藏的小铲子，另一边是个刷子。我笑起来。

"土地，"她说，"属于装点它的人。"

"我会把它弄脏的，"我说，"可能还会在上面沾上铅。"

我把"铅"说得又慢又重，想让她对我刮目相看。玛丽娜眯了眯眼。

"你拿去吧。"这是她的最后决定。

"真的呀？"

"这是个礼物，反正放在这儿也完全是占地方。你就算在上面沾满水银我也管不着。"

"是铅。"

"随便吧。"

玛丽娜很温柔地把我朝门口推去。

"太谢谢啦，"我跟她说，"我喜欢你的灯罩。"

她又掰着我的脖子，亲了我的额头。在对我关上门之前，她指着天花板，纠正我说："这个叫水晶吊灯，亲爱的。"

我从"苦之家"走出来,"姑娘们"已经不见了,说明阿方回家了。他的邮箱上写的名字是"阿方索·塞米泰尔博士"。我生下来就认识他了。要说,阿方的老婆才是真正的医生[1]。几个月前他退休后,就一直在卖她留下的处方,好赚点钱增加自己的补贴。他看诊的时候也是很仔细的。不管你每天什么时候去找他,他都一定要给你个"欢乐棒"(有点像那种谷物棒,不过是用苋米籽做的。"绝对不是谷物棒,阿加莎·克里斯蒂,是种子棒!"),就装在他放在门廊上的篮子里。他说苋米是属于未来的食物,也是属于过去的食物。最重要的是属于过去。阿方是我的朋友。说句实话,阿方是我做这一切的灵感:我知道怎么种菜种花,都多亏了他。我的整个童年时光都在播种苋米和别的中美洲"伪谷物"[2],比如藜麦、奇亚、刺槐,等等。也种真的谷物:小麦、大麦、燕麦、小米、玉米(肯定有玉米啊),还有玉米的两位姊妹:豆子和南瓜。阿方说这是自己的"现代农地"。过

---

1 英语里"博士"和"医生"是同一个词,都是"doctor"。
2 一些植物的种子有类似禾本科谷粒的外观和营养,但植物本身不是禾本科,所以被视为广义的谷物,也称"伪谷物",代表植物有荞麦、藜麦等。

去这几年，我们种的所有东西几乎都被夏天这有毒的雨给毁了。但有些还算活得好。以前，"现代农地"就在他院子里，但他老婆死后，他就放任这片地也死掉了。现在，过去的农地，已经被一个内置固定式"极可意"按摩浴缸取代。我爸爸这个全院子最没有医学常识的人诊断说，阿方得了抑郁症。但我去找他的时候，总会发现阿方泡在极可意浴缸里看书。他说他在学游泳，或者至少稍微泡一泡。我很想念那片"现代农地"，我想让它起死回生，为了阿方，为了所有人！我就是用这些说法，最终说服了妈妈，这个"后院翻修计划"是有用的、行得通的。

阿方开门看到我，很高兴的样子（他看着就像一只刚从水里爬出来的狗狗）。他裹着一件有点粉红的浴袍，说不定是他老婆的，但我很好心地不去提这事儿。我跟着他走到后院去，一路上跳过他湿乎乎的脚印。我不用向他解释自己的计划，因为他已经很清楚了。其实，在纸巾上签好字那天，我带这个"文件"来了他这儿，没有去找皮娜。皮娜当然是我最好的朋友，但是她如果听到"农业"这个词，想起的说不定是街角那家超市，或者米却肯餐厅。她概念里的"丰收",就是一次给自己买两杯杏仁茶。

我们坐在露台的摇椅上,下面就是那个极可意浴缸。"姑娘们"坐在一张长凳上,一个看着我们,另一个望着远方。我跟阿方说,我需要工具。

"我真的是太为你骄傲啦,阿加莎·克里斯蒂。"

他总是这么叫我,只要是从他嘴里叫出来,我就觉得喜欢,因为阿方是个调查员。不是那种私人调查侦探,但肯定是什么研究调查员之类的人。阿方也被称为"doctor",但不是治病救人的医生,而是人类学博士。我很可能是唯一知道这件事的人,因为很少会有谁去他的书房,那里放着他的所有学位和书,有些还是他自己写的。他的博士学位论文主题是"鲜味",第五味,那时候只有在日本才比较出名。就是阿方帮这个味道在西方出的名,至少在墨西哥是。墨西哥就是西方。我不敢跟他说,但我也很为他骄傲。他对自己的悲痛处理得比妈妈好。他不是一副幽灵的样子,也不会因为听到什么歌就发神经,至少在我面前他不是这样的。我猜这个其实得问问"姑娘们"是怎么想的。但是"姑娘们"是不想问题的。

阿方打开一个小箱子，从里面拿出各种工具。小箱子本来是锁着的，好像有人会来偷他的铲子一样。

"你朋友呢？"他问道。

"皮娜？她去她妈妈那儿了。"

阿方打量着我，看我有没有撒谎。

"她来过，是吗？"我说，努力想说别的事快点转移话题，因为我不想他问我什么问题。我不知道皮娜想不想让阿方知道她妈妈隔了这么多年又出现了，住在什么"马组组"海滩上，那儿离墨西哥城也不算远啊。

"你是什么时候第一次，真的是第一次，听别人说'鲜味'这个词的？"我问。

"我没跟你讲过呀？是一次开会晚宴，我就是随便寒暄一下，坐在一个满脸不高兴的日本男人旁边，他就是那种会把服务员搞得很惨的人。他抱怨说，自己的食物鲜味不够，我当时当然不知道他说的是什么啦！当时是1969年。这个你用得着吗？"他拿起一根很细的软管，我马上就认出来了。

"湿坑？"我说。

"什么玩意儿？"

"湿坑。吉他用的音孔加湿器。"

"真的呀？"他问。

"我觉得是吧，给我看看。没错。"

阿方笑了起来："我以为是用来给仙人掌一类不需要浇水的东西保湿的呢，这是我有一天在走廊上发现的！"他真是笑得停不下来，"我想大家都看得到自己想看到的东西。"

"可能是我弟弟的。"

"嗯嗯，那你就拿走吧。"他深呼吸了几下，才不笑了，"跟他说是我顺走了。"

"我都好久好久没看到你笑成这样了。"我想也没想就说了。他叹了口气，表情放松了，微笑着，介于忍耐与平静之间，也让我觉得自己变老了些。艾玛总是说我有个"老灵魂"，有时候呢，我觉得她说得对。

我从"鲜之家"出来的时候，推车里装满了东西。除了玛丽娜那把精致的锤子和西奥那个没用的"湿坑"，我还有一把铲子、一个耙子、一双脏兮兮的巨大手套、一根用于加长的软管和几把园艺剪，是阿方用来修剪前廊上的那棵小树的。那是棵柠檬树，但从来没结过柠檬。我也是刚刚开始注意并欣赏他家里的植物的。之前我一直关注着那块现代农地，从来没注意过室内的盆栽，因为觉得那都是他老婆的地盘。她名叫"诺莉亚医生"，总会给我无糖的零食，因为担心我会长胖。现在我也担心这个，有一点担心，但我没法去问她了，因为我妹妹死后三个月她也死了。我问妈妈我胖不胖，她总说不胖，说我只是有一点"婴儿肥"，等长大就好了。

"所以，你的意思是，我会一直长，长到某一天撑破了这层肥肉，像蛇蜕皮一样脱掉？"我问她。

"别慌，安娜。"她说。

"我不是小孩了。"我说。

"你的眼睛这么漂亮。"她说。我就很生气，因为她总爱转移话题。

耕种农地是原则上的坚持，但是屋子里那些盆栽可以说是阿方的"宠物"。我离开"鲜之家"的时候，心里就这么想着。他很有爱地照顾这些花花草草——当然没有对"姑娘们"那么爱，但也快赶得上了，很像这一片儿别的老人照顾他们的狗狗。通常我都喜欢在"鲜之家"待上几个小时，但这次我很快就走了，因为我把切拉的事情说漏了嘴，感觉很糟糕，有点像个叛徒。去和妈妈团聚，这件事将成为皮娜这辈子最奇怪的事情，而且还是在我不在场的情况下发生的。我都没帮着她收拾行李。我决定，今晚要给她打个电话。我希望她的电话在那个叫什么"马克图"的海滩上能用。我嘛，我是没有手机的。有天我让爸爸给我买一个，他说："如果你是19世纪的人，有女孩子整天黏在信箱面前等信，你会怎么想？"

"我会觉得她很可怜。"我说。

"这不就对了，"他说，"这事儿到此为止，别再提了。"

等我上高中了，我会再问他要的。安全第一呀，爸爸。

我把推车放在过道上的钟旁边，又往小院外面走。出去以后，我过了街，又俯下身子到最前面那栋房子的门缝前打探。那双脚还在那儿，我又吓得跳了起来。我回到家，把工具都摆到院子里之后，才想清楚两件事：

第一，我真是蠢到无可救药了；第二，门缝里那双脚其实是一双鞋。

一个星期后，终于万事俱备，可以把旧土都铲掉了。下午没法干活，因为夏天的午后总是要下那该死的雨。所以我一直起得比较早，真的挺早的：十点左右就起来了！

我用铲子把花槽清干净了，花了大半个星期的时间。然后我把那一大堆一大堆的泥巴装进垃圾袋，堆在一个角落。现在我正扛着一袋袋土，穿过小院，拿到街上去。有一袋被那个钟挂住了，一下子爆开，把过道上弄得到处都是土。唉，算啦算啦，雨会把土冲走的。

我正往街上扛最后一袋土，贝托从"酸之家"的一扇窗户探出头来。

"你在污染地球啊，我的女孩。"他在上面朝人行道上的我喊道。

"恰恰相反，"我跟他说，"这些土里全是铅，但我后院的那些土上会长植物，植物会产生氧气！"

"那挺好。"他说。

我妈妈一直都叫皮娜"皮"。皮娜则叫我妈"琳达阿姨"。我以前也叫皮娜的妈妈"切拉阿姨",她就叫我"安娜娜",法语里面"菠萝"的意思。但她后来再也不叫我了,因为我们九岁的时候她消失了。虽然现在她又回来了,但还没在这边露过面,她只是给皮娜写了封邮件,给她寄了一张票,让她去什么"米图苏沙"海滩找她。不说这个了,贝托就是贝托,他把我们这些孩子都叫作"我的女孩"或者"我的男孩",虽然无论怎么说我们都不是他的孩子。

"你种得怎么样啦?"他问。

"你下来看啊,"我说,"待会儿过来喝个啤酒呗。我爸总是八点左右在院子里喝啤酒。"

"行。"

我觉得我邀请他过来还真是大方。他肯定很想皮娜,虽然没有我这么想。贝托关上窗户,我转身朝那个喉管一样的过道里走,感觉好像刚刚呼吸了一口新鲜空气:浑身轻松,坦坦荡荡。

我的指甲和头发里都有土。新的土要软得多,而且几乎是黑色的。我努力想把土撒得均匀，但是做不到。
有一点像把面粉从袋子里倒进罐子里。要是挤呀挤的，
倒出来的就是一块一块的，这样花槽里就只有一边才有
土，你就得返工，用耙子给全部耙松。我特别不喜欢的
一个东西就是虫子，这些虫子都是从什么地方来的啊?
弄好之后我一定要清理一下花槽周围的石膏。拿个肥皂，
提一桶水，用钢丝绒百洁布来擦。妈妈在窗口看着我，
皱着眉头。

"怎么啦?"我问。

"你真好看。"她说。

"我不好看。"我说。

但是那天晚上洗完澡以后，我仔细看了看镜子里的
自己。可能现在的我是没那么丑了。

接下来的三个星期我一直在播种，意思是我花了一
天时间把种子压到土里，现在每天上午就朝它们大声读
书，给它们加油。丹妮拉对宝宝就是这么做的，现在她
对肚子里的那个新宝宝也这么做，我们已经开始把这个
叫作"宝宝二号"了。我很想皮娜，想到发疯，但之后

我就没那么想她了。我也想我的弟弟们，但只是因为没有他们在这儿分散妈妈的注意力，她就整天躺在沙发上，拿着一本书，一页都不翻。我给她做了冰茶，加了新鲜的薄荷，她小小地抿上几口，斜靠在一只手肘上，胸前一点起伏都没有，跟个病人似的。喝完这几口她就完全不喝了。冰化了，玻璃杯"出汗"了。整个家里开始积灰。床铺没叠。每天下午都下雨。我很想养一只猫或者乌龟，但我跟妈妈提的时候，她说："你只是怀念夏令营了。"

贝托经常来看我们。我经常去看阿方。有时候我们三个碰巧都到了"鲜之家"，就在极可意浴缸里面泡脚、吃花生、聊天，说贝托应该看看书，理解一下我俩对农地的执念；聊阿方应该怎么来打理他的后院；也聊我的农地上该种什么。有时候，阿方会把水壶装满水，边聊天边给"姑娘们"洗澡。说到底，大人的夏天也还不错。也许是因为皮娜错过了这些，我对她也没那么嫉妒了。我播下的种子有些发芽了。

有一天，我终于开口问了妈妈："你为什么把我的CD掰碎了？"

她用手做了个奇怪的动作，当作回答，有点像前面说的新教徒式的甩手，不过，这次，最后手重重地捶在了她胸上。

　　"这是什么意思？"我问。

　　"意思是天主教。"

　　"'天主教'是谁？"

　　"可能是我吧，因为我觉得很愧疚，一直睡不着。"

　　"不就是张CD吗？"

玛丽娜从沙发上坐起来，再站起来，然后走去厨房，下定决心要吃点东西。自从房东给她解释了鲜味和蛋白质的知识，她就一直想着，应该多吃点鸡肉和西红柿。那些健康的人就是这么吃的，专门吃鸡胸肉。但超市里卖肉类的过道总是让她望而生畏。看起来都太生了，还发着光，真是需要巨大的勇气。玛丽娜最后买下来的食物，都是提前煮好的方便套装，包装得整齐完好：沿着虚线撕开，在心里泛起疑惑犹豫之前，就能吃完。

她的厨房里有一扇纱门，通向那个有水箱的院子。"咸之家"和"鲜之家"的后院挺宽绰，但"酸之家"和"苦之家"就只有这么个可怜的小地方。更可怜的是"甜之家"，根本没有户外空间，也不像"酸之家"与"苦之家"那样临街，好歹能有所弥补。可能就是因为这样，那儿才没人住，只是被用来开音乐学校。

水箱周围散落着一把扫帚和几块已经僵硬的抹布，都是她妈妈来的时候买的，她走之后，玛丽娜就再也没碰过这些东西。还有几个啤酒瓶，玛丽娜非常积极地盘算着，在这个世界完蛋之前，要把它们都拿去瓶子回收站。吉娃娃的自行车都在那里放了好几个月了，竖着支起来的，轮胎蔫儿掉之后被拆下来了，整个往左边的轮轴偏，有气无力的，就像某个憔悴老太婆下垂的奶子。玛丽娜甩了甩头，想把这画面从脑子里赶走。下次去看心理医生，她一定要提到这个："我注意到新的现象，治疗师先生：一想到憔悴的人，我就咬牙切齿。"他会很满意的，他是个好人。

玛丽娜斜靠在水箱上，心里盘算了一下：上午吃半盘燕麦，下午三点左右时喝一瓶养乐多。

太糟糕了。她心想。

接着又想:

听着。

再想:

奶酪。

蓝奶酪。

洛克福羊乳干酪!哎呀,她可太喜欢洛克福了!以前,她会用这种干酪配玉米饼,或者抹在"神奇面包"[1]上吃,要么在爸爸餐厅那个拥挤的厨房里,让干酪融化在刚出锅的意面上。

"真——的——臭死了。"她哥哥说话总是带着那种从父母那里耳濡目染的权威感,于是每个字拖着长音,但又要一口气说完,好像稍微说快一点,他的信息就传达不到位;好像稍微停顿一下,话就说不成了。

"回——你——的——房——间——去。"爸爸没回家的那些晚上,他会这样对玛丽娜说,边说边抓住他们妈妈的手,阻止她咬自己的手指和指甲。

---

1 20世纪五六十年代,备受美国家长和青少年欢迎的一种面包,英文名叫"Wonder Bread",含有丰富维生素,据称能"以12种方式帮助身体成长"。

这种羊肉蓝奶酪以前是她最喜欢的东西。有一次，爸爸正在过他的"开心时刻"，兴头上伸出胳膊揽住妈妈的腰，两人摇来晃去的，好像在跳一种笨手笨脚的华尔兹，而玛丽娜就在一边吃意面，她哥哥也在吃（上面除了黄油什么都没有）。她爸爸唱着："蓝奶酪呀，你看我独自站着……"妈妈咯咯地笑起来，而不知道这首歌的出处，甚至连歌词都不懂的玛丽娜，觉得自己对爸爸的崇敬之情达到了巅峰：除了别的成就，他竟然还是个天才作曲家。

这段童年回忆很快就抑制住了她小小的渴望。（"注意各种迹象，"护士们告诉她，"流口水，肚子咕咕叫……"）她不知道什么才叫有胃口，但她现在能把握愤怒的情绪了。光是想想餐厅的厨房和父亲开心时的那种甜蜜气味，她嘴里就泛起一股酸味。

"动荡的童年？"玛丽娜重复着，她是真心被治疗师的这个问题给震惊了。

不是动荡，不是的。一切都有计划表，一切都有名义。开心时刻之后就是"客户时间"，客人点菜，各种气味弥漫，各种对话的声音在墙上弹来弹去；爸爸对厨师们态度很糟糕；脏盘子送进来，剩菜处理掉。客户们走了以后，就是"打烊时间"，服务员们把椅子倒过来；爸爸唱着歌，把小费分了，在员工屁股上轻轻拍一下；厨师们换上便装，其中几个还不止一次让别人在门口望风，朝玛丽娜亮出他们身体的某个部位，玛丽娜一点也不愿意看。然后，每天晚上十一点左右，他们都走了，爸爸就拿出围裙口袋里的随身小酒壶，把海波杯里剩下的酒倒出来自己享用。那是属于他自己的时间，"因为这是他应得的"。但周一是例外。每个周一他都说"要重新做人"。他就连不能实现决心这一点，也是很稳定的。

　　嘴里那股子酸味让玛丽娜莫名有种骄傲，她为自己这么警惕而骄傲，为自己能注意到这样的现象而骄傲。被医生"洗脑"之前，她连自己的胸骨在哪里都不知道。她曾不止一次捶打自己的胸骨，是那种有好处的捶打，但纯粹是凭着直觉。现在呢，一切都有个学名了。感到发闷纠结的地方叫作"胸骨"，如果她觉得自己想哭但是哭不出来，就会使劲去按摩那个地方。"不用捶打的，门多萨小姐。"嘴里那股酸味是"应激激素"引起的。不过，也很有可能只是因为她抽的烟。她把烟塞进一个瓶子里，回到厨房，做第二次尝试。

"渴望都是不易察觉的，你必须仔细注意，"护士会这么说，"大脑就像一条小狗。"

有个护士不刮腋毛，玛丽娜暗暗希望她会被炒鱿鱼，这样她就能确定自己不是唯一一个因为生理上的自我忽视而搞砸一切的人。

其实，那些护士真正说的是："大脑很灵活：我们可以训练它！"而玛丽娜就马上不由自主地想："就像那种小宠物狗！"但自从她从医院回了家，妈妈走了留下她独自一人生活后，她的态度已经逐渐软化，开始尝试那些之前一直拒绝接受的建议。她希望自己能有个像培乐多彩色胶泥那样的脑子，能让她也熟悉一下在别人身上看到的自尊自信，就好像她已经熟悉了这些人说话、欢笑和穿衣的方式。"口香糖人格"，她给自己这种模仿面前一切人与事的倾向取了个名字。她说起话来像班上的同学，手势动作像琳达。如果连续跟吉娃娃过上几夜，某天早上醒来她张口说话就会有种墨西哥北部的轻快活泼，很随机地拉长一些音节。接着，周六到了，她得去照顾孩子们了。等到了星期天，她说话又像奥尔默了，那孩子养成个新习惯，什么话都说两遍，"是的是的""不是的不是的""为什么为什么""我知道我知道"。

玛丽娜非常不信任如此顺从的自己，她所希望的恰恰相反：成为一个真正的人。这真是让人又着迷又害怕。要做那种复杂但是很鲜明的人，比如琳达，比如她的房东。说白了，就是做个成年人。不过她明白这样说也不准确，准确地说是别的意思：扮演一个明确的角色。成为一个会得到大家下列评价的人："太典型了""是她干得出来的事""真是太有玛丽娜·门多萨的特色了"。但还从来没人这样评价过她，因为她总是同时扮演着很多角色，而所有的角色都让人察觉不到。一想到治疗师不明白她有这种基本缺陷，这种自我定位的绝对缺失，玛丽娜就觉得很烦躁。他应该帮她解决这个问题，而不是叫她忽略。他只是一遍又一遍地叫她要做自己。听他那口气，好像这个"自己"是很坚固、很明确的东西，仿佛某个公园里的大理石雕像。

"自我"这个概念，有一点无情的意味，让玛丽娜一想到就浑身发冷。不是冷漠，而是麻木。她觉得自己的内心就像一片湿软的沼泽，找不到任何东西与"自我"相连。她发现自己能稍微把控这整件事情的唯一办法，就是用英语来思考。是的，西班牙语里的"yo misma"没用，但英语里的"self"（自己）对她是有用的。这个英语单词简洁又超脱，听着就像别人的名字："玛丽娜，这位是'自己'。"

最近，有几个晚上，入睡之前，玛丽娜试过治疗师建议的自我肯定法，但经常在片刻之后就停下了，因为她进行得很艰难，没法一直重复同样的话，很快自我肯定的性质就完全变了。

"我是个美丽又能干的女人，我是个艺术家；我是个有成果也有缺陷的女人，我是个画匠；我是个恐惧又怀着怨恨的动物人，我是个虐待狂；我是尽职尽责的疯子代表，我就是个疯子，我是烂泥；我是个有成果的迟钝纵火犯。"

在那个她勉强进去的医院，进行自我肯定是必须进行的，而且要在那些特别热情支持你的人员面前大声喊出来。他们说得好像很轻松：

"现在，我们都要来做一件事情，就是在睡前把积极的想法重复十遍。"

他们说"我们"，其实指的是"你"。玛丽娜不想向这些用爱发电的护士屈服，所以只是祈祷。她也不知道别的祷文，只知道"主祷文"，而且也只是零零碎碎的，但她就重复着这些零碎的语句。到第二轮，一切就慢慢散了架，变成很随机的话："我们在天上的父，在德文郡搞艺术，愿人都尊你的名过万圣节。你的威士忌不见了，你会不受控制地爆发大笑和大怒。我们日用的禁食斋戒，今日赐给我们。免了我们的偷窃行为，就像我们原谅你很差的品位。我们在天上的父，艺术搞得不怎么样，愿人都尊你的名空虚，你的惨败降临，我们每日的失败，今日赐予我们。原谅我们不饿，原谅我们不新鲜的呼吸。你的智慧降临，我会消失不见……"[1]

值夜的护士很好心地表扬玛丽娜，说她很有创意，然后开始很小声很小声地帮她做这个自我肯定。

"你是个艺术家。"她们把这话重复十遍。玛丽娜就像个小女孩一样捂住耳朵。不过，等她们一走，她脸上

---

[1] "主祷文"是指通过耶稣教导和传授的，向在天之父祈祷的经文。某个版本的中译全文为："我们在天上的父，愿人都尊你的名为圣。愿你的国降临，愿你的旨意行在地上，如同行在天上。我们日用的饮食，今日赐给我们。免我们的债，如同我们免了人的债。不叫我们遇见试探，救我们脱离凶恶。因为国度，权柄，荣耀，全是你的，直到永远。阿门！"

会时不时地绽开一朵小小的微笑。

从那以后她突然意识到，自己其实挺喜欢做这些肯定的，甚至更喜欢编造各种事情。让她悲伤到难以承受的，其实是不停地重复同样的话。

"我是块蓝奶酪，"她肯定自己说，"我是蓝蓝蓝。"

"三次一定成，"她又肯定地说，"你要用细节把这种渴望勾引出来。"

风味。蓝奶酪有很浓郁的风味，直接上头，就像辣椒，但是不辣。她喜欢干酪的口感，像黄油，但是比黄油更好，在嘴里融化得更慢，块状的部分更多些，又柔滑又有种喷发感。她想象这奶酪太久了，都觉得有点恶心了。接着她走到后院去，来了个深呼吸，斜靠在水箱上，抬头看着天。

"回——你——的——房——间——去！"她心里的一个声音慢悠悠地说。

他现在在哪儿呢？可能在餐厅，或者正抓着妈妈的手："不——要——咬——指——甲——妈妈。"

她深呼吸的方式是他们教的，她抬头看天也是他们教的。天是一种固执的深灰色：小院里从来没有夜幕完全降临这一说。很多年前，玛丽娜造了个词，"哀伤灰"，这大概是她发明的第一个颜色：有一点灰，有一点哀伤。然而，那颜色不属于眼前这不透彻的夜晚，而是属于哈拉帕的某个雾蒙蒙的下午，很常见的天气。这个大城市的夜晚是别的颜色，电灯光交织成一条毯子，放射出一种音波和灯效融合的声音，是那种低沉又单调的"嗡——"。那应该叫什么名字呢？电光黑，也许吧。墨西哥城有真正的夜晚吗？

　　玛丽娜从来不愿意离自己的舒适区太远，所以也没确认过这个问题。他们说商业区有一些摩天大厦，也许登上某座摩天大厦，你就能逃脱这种电光黑，把这一切都抛在脚下，再次抬头看到漆黑的天空，看到曾经那原原本本的黑暗：没有城市中的那种嗡嗡声，漆黑之外只有闪烁的星星。玛丽娜点燃一支烟，举起来，仿佛那是一颗卫星。窗棂上的烟灰缸里散落着几个烟头，肯定是吉娃娃留下的，他时不时地就喜欢一个人站在后院里，让自己显得很有趣。玛丽娜一抽烟就没胃口，说实话，她就是因为这个开始抽烟的，也是因为这个戒烟的。现在，她正等着胃口自己回来，等着饥饿感重现，她还没跟医生们说自己复吸了。治疗师发誓说，她的胃口会回来的。

"玛丽娜，你的身体是明白的。"他告诉她。

但玛丽娜觉得，治疗师先生屁都不懂。她怀疑这个治疗师本来想做外科医生，但从来搞不清楚血细胞和血块的区别。她怀疑他是放弃了别的专业，放弃了荣誉感，放弃了医院其他科室关心的更紧迫的问题，才来做治疗师的。她怀疑他是放弃了自己，才来到八楼的心理科：灵魂的数独游戏。

几滴雨点落在水箱上。湿润的黑色闪着微光：湿亮黑。去年夏天她刚刚租下"苦之家"时，每天下午都下雨，连屋子里也跟着下雨，她在屋子里四处冲锋，拿煎锅接雨点，还兴致高昂地暗想：墨西哥城不是很干燥的吗？墨西哥城不是非常、非常干燥的吗？那时候她真是一文不名，只是在这个世上过了十九年，做服务员攒了一点点钱。最初那几个月里，她是收不到现在这些钱的，就是爸爸出于满满的愧疚寄来的那些大额支票。那时候，她把东西都装在一个用砖头和板子搭起来的临时橱柜里，还一时兴致大发，把柜子涂成了金色（兴致金）。她用酸奶罐子喝水，她买了床垫和一个单人枕。现在，她看着这个家，看着自己搜集的各种东西，感到窒息。无论是什么东西，她都觉得是用餐厅的钱买来的。这些钱来自餐厅，来自厨师们的汗水，他们拿食指去剔牙齿，然后毫不在意地用手处理肉类，围裙口袋上沾满了血和油污。大街上，哈拉帕人川流不息；厨房里，地上的瓷砖一日脏过一日，厨师的鞋跟和日益积累的脚印相互摩擦，发出嘎吱嘎吱的声音，一切都是如此愚蠢、如此无意义。这无意义的场景一天天地上演着，身在厨房里她总有种感觉，日子是完全重复的。她看着自己那些日益增多、风格鲜明的靠垫，想到那些睫毛膏涂得老厚、行为粗鄙的中产妇女，一群群地涌入餐厅，急切地要过一个"女孩之夜"。玛丽娜觉得她们也太歇斯底里了，说话声音太刺耳了，一点都看不出来有什么真正的友谊。她们彼此称呼着"少女"，因为年轻就像她们的圣杯。这种对青春的崇拜从来都不会让玛丽娜感同身受，因为不管她多大年纪，总会希望自己更老一些。

那些女人会叫她过去："嘿！喂！小姐，小姐，再来一罐桑格利亚果酒[1]。"她们牙齿整齐洁白，香水喷得太多，盘子上的东西从来都是一口不剩。有些女人还会无耻地朝她打响指，再多给她点小费，因为玛丽娜认识她们的女儿。

"是意大利餐厅！"玛丽娜向治疗师解释，用了浮夸的感叹语气。但他没听出这其中的讽刺意味。他想象不出在墨西哥的意大利是什么样子：墙上画着拙劣的壁画，场景是威尼斯，天空是永恒的香草色；常规菜单上有意面，甚至会刻意地煮得过软。治疗师先生真是不谙世事，无法想象很久之前那种所谓"四海为家"的人可以穿越国境，跑去得州的麦卡伦进行什么"购物疗法"，却不敢到墨西哥城来。而且他也过于乐观，根本弄不明白，为什么她会把自己拥有的一切都和那家餐厅、父亲的脾气以及那湿乎乎的墙联系起来，当然，还有那个尽管她非常鄙视，却还在帮她的生活埋单的社会阶层。

不过，其实，她对自己这些身外之物的厌恶，也就是最近几个月，从她出院之后才开始的。

1　桑格利亚果酒是西班牙特色的饮品。

"如果有二百万个靠垫、一张毯子、一个沙发，"她在治疗过程中发问，"我怎么可能出得去？"

"你想去哪儿？"治疗师先生问道。

但她并不想去哪儿。恰恰相反，她想多在家里待着。她希望"奇幻白"投射在墙上的时候，自己也在家。她才二十岁，这样的要求很过分吗？她打开冰箱。啤酒、腌菜、两个西红柿、芥末。两罐酸奶，一系列的果冻和果酱，都是吉娃娃买的，然后一点点很仔细地吃，好像里面有金箔似的。冰箱里没有蓝奶酪。不过，倒是有个鸡蛋。还有一套特百惠的密封盒，天长日久地放在那儿，她不敢打开。还有一瓶番茄酱，瓶口外面的酱干掉了，又太多，盖子都盖不上，就像那种话太多的人，嘴角会结一层薄薄的皮。最下面那一格有几根她好几个星期前买的胡萝卜，已经烂掉了。她之前用了一根来自慰，然后扔掉了。剩下的还都在那儿。她一直都没那个精力去削皮。妈的，她买这些胡萝卜的时候，是想开启治愈模式来着。琳达总有个装满蔬菜沙拉的特百惠盒子。只要玛丽娜去她家，经过冰箱时，琳达就会顺手打开拿一盒出来。她怎么就不能更像琳达呢：看上去那么从容轻松，但却一丝不苟地把蔬菜切成无可挑剔的细丝？

爆米花，就这个了，行。她心想。

这算个小小的迹象吧。她没有流口水，味蕾也没有激动起来之类的，但她在餐边柜里找到了爆米花，于是迅速把袋子放进微波炉。袋子在里面转的时候，她从冰箱里拿出胡萝卜，挑了一根开始削皮，但立刻又改变了主意。胡萝卜湿乎乎、软塌塌的，还不止这样，其中有几根好像长了毛，灰绿色的毛，搞不好长的是青霉。她觉得好恶心，又把胡萝卜扔回了蔬果那一格，拿出一瓶啤酒，关上了冰箱。爆米花在微波炉里嘭，嘭，嘭。

"你得吃东西啊，玛丽娜，亲爱的。"

我知道。

她把爆米花放进一个碗里，拿着走到沙发那边，打开电视。某一天，吉娃娃搬了个电视出现在这个家，现在那电视就住在客厅的地上。

"我能不能把电视和电脑连上看电影啊？"玛丽娜问他。

但吉娃娃有别的想法：他说他在橱柜里找到了个东西，看上去像是"有线电视连接线"。

"哈？"玛丽娜说。

她本来还要问："你干吗乱翻我的柜子？"但吉娃娃已经把连接线拽过来了，好长好长，绕成一个错综复杂的"8"，只有他才干得出来。他们把电视搬到连接线够得着的地方，插进去，屏幕闪了几下，开始播放 NBC 的新闻。播报员一头金发，穿着西服套装，这一整天的折腾在玛丽娜心中像走马灯一样过了一遍，她就像"2003年悲惨世界小姐"冠军。

所以这个连接线能接上有线电视。玛丽娜真是不敢相信自己的眼睛。吉娃娃从来没提过这茬儿。不过，就算他提过又怎么样呢？她绝对不可能去多想。她肯定也不可能出去买台电视，就为了试试这东西是不是管用。谁知道啊，原来她柜子里一直躺着通往另一个维度的门户，让人能窥探另一种生活，这生活属于那些富人，成熟的大人，那些每天下班之后看美国的电视、甩掉自己身上墨西哥味儿的人。他们仿佛是在遵循着21世纪版本的"城市人口礼仪行为规范"："进入餐厅之前，请务必去除墨西哥味儿。"吉娃娃就知道。他知道，是因为他是在大城市长大的男孩子。是他向她解释说，街上那些用鞋带挂着的鞋子标记着贩毒的接头地点；他还给她指这一片儿有谁会偷了电话线，剥掉绝缘体去卖里面的铜丝。让玛丽娜心烦的是，吉娃娃甚至不是土生土长的首都人：他来自华雷斯城。有一次，她问他："你们那个边境小城又比哈拉帕高级到哪儿去啊？"他回答说："哦，华雷斯是不怎么高级。但这个城市跨了两个国家啊！"

吉娃娃的英语发音和琳达一样：天衣无缝。玛丽娜想模仿他，但每次她纠结于他的口音时，吉娃娃就会变得烦躁。

"你们这些人，总说什么'魂学'，错了！"他厉声说道，"那叫'文学'。"

吉娃娃口中的"你们这些人"，就是"绿色州县"的所有人，也就是沙漠以南的区域。玛丽娜喜欢和他争论这个，让她更明确自己的身份感，似乎自己也有个归属；在这个语境下，归属就是墨西哥南部。吉娃娃对她说，所有的南方人吃油炸玉米饼都不加干酪，而且说起话来都有点像唱歌。她觉得这两项都符合。嗯，不过现在她肯定是吃不下一整个玉米饼的，不管加不加干酪。

每播一个广告，就吃一粒爆米花——她和自己达成了个协议。她也算是言而有信，真的在吃了，这时候门铃响了。还是来了！她停在那里一动不动。她知道吉娃娃能透过窗户看到她，因为很多个晚上，在进入小院之前，她都会透过别家的窗帘看着对面的邻居，这些窗帘和她的一模一样。没被对方注意到的玛丽娜观察研究着那些一动不动的人，在电视发出的蓝光背景下，他们有点像用硬纸板剪出来的。她的又一个怀疑得到了证实：按部就班的生活会扼杀爱。

　　门铃响了之后，玛丽娜一连吃了四粒爆米花，这样就吃了二十三粒了，也可能是二十五粒。电影的背景音是雨打在水箱上的声音：她比较喜欢看电视，不喜欢听电视。接着，临街的那扇窗被人敲了三下。一听就是他。她没动。吉娃娃继续敲窗户。他肯定全身都湿透了。玛丽娜想知道他有没有喝醉，所以站起来，拉开窗帘，尽全力摆出自己最平和的表情。但窗外不是吉娃娃，是个女人。一个陌生人，把一个黑色的塑料袋高高举过头顶：她想用来代替雨伞，但一点用都没有。她把手安放在窗户上，刚刚又敲了一次。那是一只小小的手，而她把手安放在湿湿的玻璃上的这个动作，似乎蕴含着什么东西，让玛丽娜心中满溢着温柔。好像她是把手放在那里，等着玛丽娜和她做一样的事。玛丽娜用食指指着自己。

"找我？"

女人点了点头。

"不要跟陌生人说话！"她最终打电话回家，坦白自己已经搬来了墨西哥城之后，哥哥叮嘱了她很多至理名言，这是其中一条。

"不要向街头小贩，还有警察打开车窗！"

"我没车。"玛丽娜告诉他。

"嗯，万一你在某辆车里呢！"他这么说。她记得听到这句话时真是气不打一处来。他为什么不说"嗯，等你买了车就要注意"？

要打开小院的大门，玛丽娜必须离开自己的家，跑到入口通道那边。唉，不管那么多了。她趿拉着人字拖，打开门，跑过去。她没想到门外的状况这么糟糕：地漏被各种各样的东西堵塞住了，中间的过道已经泛滥成河，露在外面的只有那个钟的顶尖。玛丽娜打开大门，女人走了进来。

　　这里叫"钟落小院"，是因为1985年那场地震时，我祖父母的房子塌了一半，墙上一个神龛里放的那个巨大铜钟掉了下来，被埋了。那个地方原来是家里的院子，现在是条开放过道，连接小院里的每一家。我们所有人要进屋出屋，几乎都得跳过那个钟顶部的小尖尖（从地上凸出来的一块金属）。

　　阿加莎·克里斯蒂和她的朋友来玩，朋友是贝托的女儿，叫什么来着？皮娜。这名字真是太可怕了：唯一能弥补这么个名字的，就是她以后肯定能长成个绝代佳人。

"你老婆有坟吗？"她们问我。

我跟她们说她有，她们就给了我一些花。阿加莎·克里斯蒂解释说，这是她给妹妹买的，今天是露丝去世353天纪念日，因为"353"倒过来说也是"353"，是回文结构，所以她们去园艺中心给露丝买了花，但现在找不到人带她们去公墓。我问她们"回文结构"这个词是不是在学校学的，不知道什么原因，她们突然兴奋到发疯。

"安娜就是我的学校。"皮娜说。

她们在的时候我没说，但她们走了我突然想起来一件事，就是这些花儿，还有黄色毛衣，这可能就是佩雷兹-沃克尔家的人用以寻找安慰的东西，就像我这台机器，这台叫妮娜·西蒙的电脑，能直接和逝者连线。

诺莉亚很喜欢妮娜·西蒙[1]。

1　这里的妮娜·西蒙指的是美国著名黑人女歌手、作曲家和钢琴表演家。

"为什么上帝给我个大屁股，又不把我造成黑人？"我们听妮娜·西蒙唱歌时，诺莉亚总是这样抱怨。

如果你问诺莉亚她自己有什么需要改变的，她会回答说，希望自己会唱歌。我倒从来没有问过她。根本不用问。诺莉亚总会跟你絮叨这些事情，从来不让你忘了她的缺陷，就好像不想让你太爱她似的。

"喂，别装了，是你比较喜欢黑人女孩哦，阿方索。"

"那倒是。"

"是你把那些花儿插进水里的吗？"

"当然啦，我的小黄糖。"

"你也在数日子？"

"不可能。在我心里，你一直都是昨天才去世的。"

"你知道吧，就那种"这句话几乎是诺莉亚的口头禅。特别是她在概括某一类东西、某一类人的时候，希望对方也能明白。比如，她可能会说一个护士，"她就是那种觉得自己完全打破旧模子的女人，你知道吧，就那种"，也可能议论一个麻醉师之类的，"那人会一直咬着舌头，咬到出血，你知道吧，就那种"，或者议论隔壁园艺中心的老板，"他是那种一看到弯道就要撞车的人，你知道吧，就那种"。[1]

我得承认，我其实从来都不知道她说的具体是哪种，要么因为诺莉亚的那些定义都是些我不熟悉的俗语，要么就是因为她经常都是兴之所至，随便编句话来说。但熬过头几年的那种沮丧（沮丧的是诺莉亚，因为我就是不懂她的话），我养成了一种习惯，是很多习惯中的一个。只要能维持和平，叫我干什么都行。

说真的（我这么说，真不是因为我觉得诺莉亚无论在哪儿，都会看我写的东西），我很喜欢她把人归类。那些都是很有独创性的评价，至少在我眼里是这样，我这个大半辈子都在云里雾里胡思乱想的人。我老婆和我不同，她和这个世界紧密相连，她很清醒，对周遭的一切心知肚明，包括那些我完全茫然、注意不到的世俗琐事。她让我注意到这些事，我真是发自内心地愉快。比如看一部好电影，读一本好书。一开始，我还觉得有点尴尬，

---

1 这三处地方原文都是用的俗语，第一个"打破旧模子"意为"打破窠臼"；第二个"咬舌头咬到出血"形容非常沉默；第三个"一看到弯道就要撞车"形容很冲动。

但随着时间流逝，我渐渐开始尊重我老婆的分类。这其中甚至蕴含着一种康德哲学的思想：试图去建立一个体系。"你知道吧，就那种"是诺莉亚为我们生命中遇到的那些人分类整理的方法，我不得不说，她很擅长这样的事情。她仿佛有种女巫般的直觉。一天，研究所来了个实习生，诺莉亚只跟她吃了顿午饭，就跟我说："那个人肯定会升得比绿藤爬墙还快，她真行。"

一年之内，"那个人"，虽然只有一个硕士学位，却差不多快和我平级了，尽管像我这样的傻子手里有两个博士学位。

重点是，我找到个法子，让自己这样的社交白痴也能懂得她说的"你知道吧，就那种"，至少能把谈话进行下去。诺莉亚可以随心所欲地进行各种归类，也确信我对她的字字句句都理解得分毫不差。我一直都为这个出色的小方案骄傲，但其实是从贝托老婆那里偷师的。

切拉突然间从小院消失之前，我注意到，她如果不懂我们晚饭后的围桌谈话（基本上就是我们每次谈论政治的时候，也基本上就是我们每次吃完晚饭围桌谈话到深夜的时候），就会专门做出一副表情：从这个表情来看，她似乎很感兴趣，也有所触动，甚至还有一点轻微却明显的异议，完美地遮掩掉她彻底的无知。表情很简单：她只是噘着嘴而已。显然，这样的表情在她脸上，比在我脸上，效果要让人满意多了。她好看得像个蜜桃，而我呢，像个熟过头的木瓜。但我还是把她这表情学了去，还自己发挥了一下，在噘嘴的同时慢腾腾地点头。真不敢相信竟然成功了。所以，比如，当诺莉亚对我说“那个女人，虽然是金发，但根还是露出来了，你知道吧，就那种”，我就噘着嘴，慢慢点头，她就很满意，觉得自己对那样的人表达得很清楚了，就会继续快乐地喋喋不休，开始新一轮让我沮丧的阐述。

我在内心深处，不觉得我的诺莉亚只是单纯的“迟钝”。比起那些觉得自己无所不知，觉得自己明智如猫头鹰的女人，她的心理直觉要敏锐得多。“人文学女”，这是诺莉亚对上述研究所女同事的称呼，“学者”变成“学女”。人文学女们（就像包括我在内几乎所有的人文学科毕业生一样）认为，她们比别人都要优秀。“就是比别的人类敏感那么一点点，更有人文关怀一点点。”这是我老婆的话。人文学女们对诺莉亚嗤之以鼻，因为她会公开谈论自己在（少得可怜的）空闲时间看多少电视。然而，她们实际上特别嫉妒她的职业，因为特别踏实，坚若磐石，而且报酬要多得多（真的是多得多）。她们可怜她没生孩子，但内心深处又嫉妒她的独立自由；她们年轻时也经常享受和吹嘘这种自由，但很快就用它交换了小提米、小汤米和小塔米，还有一个吃醋善妒的丈夫。你不能问人文学女喜不喜欢做饭，否则她会指责你是男权家长制的卫道士。另外，要是她们发现两夫妻间是男人做饭（我们家就是这样），就会觉得他是个"妻管严"。

人文学女们要互相恭维的时候，有着非常清楚的规矩，在拐着弯儿夸人这方面，她们真是无可争议的佼佼者。要是不怎么看得起某个人，她们就会说"她可真是个斗士"；但如果真的崇拜欣赏某个女人，就说她是"自己的主宰"。有一次，诺莉亚跟我咬耳朵说："她当然是了，因为人文学女能主宰自己的纸袋子。"

"人文学女会穿墨西哥国产的衣服，但是是设计师品牌，你知道吧，就那种。"是的，我知道那种，或者说我其实不知道，但诺莉亚教会我看清她们的言行。隔得远远的，她就能感觉到某个男性学者秉持只略为遮掩的大男子主义，而人文学女们却视而不见。我呢，大家都知道我婚姻幸福，而且长得也不好看，还懂得装出一副在倾听的样子，所以我总能从秘书们那里顺便听到一两句谁倾心于谁的传闻。我会努力记住这个信息，至少要保留到晚饭时间，好讲给诺莉亚听，因为她就喜欢这种事情：她在灵魂深处就是个"包打听"，这是她的精神食粮。

"可怜的孩子，"她会说起某个恋情悬而未决的人文学女，"最后会以眼泪收场的。"

"为什么这么说呀？"我问是因为真的摸不着头脑。

"哎呀，阿方索，因为他显然是那种给女人买玫瑰，只是为了用玫瑰刺去伤害她的男人呀！"

听到这话我就会点点头，噘噘嘴。

我一直假装自己"知道那种"，这是不诚实吗？当然是，但那是一种慷慨无私的不诚实：这种不诚实让婚姻得以持续。

"他点个头，假装自己懂得别人说的话，你知道吧，就那种。"

我知道得很。诺莉亚，既然你现在就在我身边某处，让我告诉你，昨天在一家咖啡书店，我看到一本书，名叫《上帝，请不要让我孤身一人》，它让我心底涌起一股深切的怜悯，很久都没有感觉过的怜悯，因为一直以来我都只有自怜而已。我情愿只要那种干净的痛，而不要那种因为希求痛苦而带来的脏兮兮的痛。

"书写的什么？"

"我不知道，又没买。"

"'干净的痛'又是什么鬼话？"

"阿加莎·克里斯蒂告诉我的。你和露丝走的时候，她决定把图书馆里所有关于死亡与痛苦的书都找来看看，然后每周过来找我总结一次自己的心得体会。一个周日，她借了一本禅修手册，对我解释说，我们的痛苦，也就是她对她妹妹的痛苦，我对你的痛苦，就是干净的痛。但是，比如说，如果我们因为喜欢的男孩子不喜欢自己就受伤，那就是脏兮兮的痛，因为那是我们自己发明出来的，是在我们脑子里造出来的痛，因为我们其实不知道，也永远不会真正知道，这个男孩子到底喜不喜欢我们。"

"哎呀，真是太可爱了。"

"嗯呀，是吧？我问她，她是不是喜欢那个男孩子，结果她就特别不好意思，开始大声读禅经。我说不定会去买那本书。不是那本禅修手册，是写孤身一人的那本，买了之后跟你讲。"

"去买吧，亲爱的，但别再去咖啡馆吃饭了，你知道那些便宜的全麦松饼都是反式脂肪。"

"你说得对，我自己做个汤要好得多。"

"这就对了。给'姑娘们'洗个澡，好不好？她们的小脸蛋儿都没光泽了。"

"人类有两种基本状态，"诺莉亚曾经有十年时间，对这个问题感觉特别矛盾，所以总爱向我解释，而且通常是在喝第二杯龙舌兰的时候，"做孩子，做生育者。"

我会点头，她会继续。

"我选择只体验其中一种状态。这是不是意味着在某种程度上来说，我在选择只做半个人？从社会学的角度来讲，这真是个很复杂的等式啊。如果你参与到两种状态中，你就是两个人啊：你是个女儿，还是一个妈妈。我选择只做一个，其中的一个人。这说得挺通的啊，对吧？嗯，别人就不这么认为。在别人眼里，只做一个人，就不是一个完整的人。不过，如果你是个男人，当然就不是这么回事了。嗯，这个当然不用说。我用女性的角度来说吧，要是你只做一个，一个女人，他们就觉得你只完成了人类状态的一半，或者说女性状态的一半。重点就是——唉，别走啊，阿方索——如果你只是其中一个，那你就是半个。现在，你来跟我说说，这个逻辑怎么说得通。"

"规矩不是我定的。"我会这样回应。

"但你是个人类学家啊！"

"是啊，但我研究的是前西班牙时期的拉美饮食。"

那些毛衣。

几天前，琳达走进酒吧时，手里捧着一团黄色的东西。他们把她的伏特加拿来的时候，我们碰了个杯，她把手里的东西铺在桌上。那是一件小小的毛衣。接着她从包里掏出一个针线包，又从里面抽出一根针、一把剪刀，还有半打厚厚的卷线。我们一边喝酒，她一边往毛衣上随机地绣着菱形、方块、圆圈和半圆。中间她把衣服递给了我，我把椅子往外拉了拉，把毛衣摊在我膝头。这衣服比我通常给"姑娘们"买的那些要大，但是盖在我膝上很温暖。衣服有点脏。我伸出手指抚摩着那些刚刚绣上去的图形：绷紧的针脚感觉比毛衣本身要柔软，毛衣摸起来刺得皮肤发痒。这好像是另一个时代的东西，就像我年轻时大家爱穿的及膝长袜和超短裤。如今再没有人织这种穿着痒痒的毛衣了，更不可能给孩子织。我摘下自己的戒指，递给琳达。她也用手指抚摩着那个小物件，但是没有戴上。接着她看了戒指里圈刻的字，问道："Umami？"

"'Umami'，也就是鲜味，是我们的味蕾可以辨认的基本五味之一。其他四味是我们都知道的，甜、咸、苦和酸。后来才有的鲜味。我们西方人多少会觉得有点新鲜，差不多是最近一个世纪的事情。'Umami'是日语词，意思就是鲜香美味。"

我停下来歇口气，我俩都哈哈大笑起来，因为我一口气说出这么一大段话，就像意大利教堂里那种机器，投一个币进去，就能让圣坛上的某个东西亮上一分钟。琳达把戒指还给我，我把毛衣还给她。她往针孔里穿了紫色的棉线。琳达住在小院，我肯定跟她解释过几百次什么是"Umami"了,而且还没刚才那么像机器人。不管怎么说,她此时此刻还是很宽容地把针暂时插在毛衣里,平静地问:"是什么味道呢?"

"问到点子上了,"我对她说,"因为我们辨别不出这种味道,我要描述的话,最多只能说那是一种让你颤抖摇摆的味道,一种让你觉得很满足的味道。在英语里面,它被称为'seivori'。"

"Savory?"她的英语发音真是完美。

"对,不过有时候他们只说'有肉味儿'。"

"我恐怕永远没法想清楚这是一种什么味道,阿方。"

"要弄明白这个,最简单的办法就是,想想千层面。想想意面。什么也不是,没有任何味道。碳水化合物而已,就这么简单,这么平淡。但是,如果你加入了鲜味,扔一点帕尔玛干酪或者西红柿啊、茄子啊什么的进去,成了!你就能美餐一顿了。"

她点着头,点了很长时间,只是点头而已。她走的时候(我们从来不一起离开芥末屋),我有点恍惚。我之前进行过一场几乎一模一样的谈话,和我谈话的那个女人,我当时一点也不熟,最后却被我娶回了家。

诺莉亚认为，她关于"子女状态"的理论到头来过于单纯或幼稚，只不过是进一步巩固了她的主要观点，即如果你不进化到做人的第二状态，去到另一边，不只做孩子，还要做个"祖先"（延长整个种群的生命、传播基因，等等），那你就不算完全成熟。换句话说，诺莉亚希望她关于"子女状态"的神秘主义学说能够自证，特别是在关于"未成熟"的领域。比如，可以做一个"诺莉亚式推论"：

如果你只是个女儿，那你体内有某种东西没有完全成熟。因此，你的观点必然会有点幼稚。你的观点越幼稚，就越证明了这个整体理论："子女状态"就是绝对的不成熟状态。

我虽然做着研究员的工作，但绝不会很迂腐地去讲究科学证明。也就是说，至少在我的记忆里，我从来没对诺莉亚的理论有过半点反对，这样的话，我们也就能在某些周日早餐的时候来点雪芭或龙舌兰，或者时不时地买张机票，去到随便选的地方，就因为我们高兴。

我老婆真是文明与原始的完美融合。她的思想像野人一样单纯：李维·施特劳斯[1]看见她可能会垂涎三尺。作为医生，诺莉亚·瓦加斯·瓦加斯是杰出的医疗工作者，却同时对异教仪式有种独特的迷恋。她当然非常明白尼古丁对内脏有害，但多年来却坚持认为，要是不来支罗利烟鼓励鼓励，她就不能上厕所。最严重的是，她每天一睁开眼睛，就要看自己的星座运势。没有一点讽刺的意思。她看星座运势，就像大部分人看天气预报一样。如果星座运势中说了什么不好的事情，她就会闷闷不乐；要是一切皆大欢喜，她就会欣喜若狂。我们刚结婚那些年，她这个习惯让我觉得很烦。我不能理解，一个这么聪慧的女人，怎么能让那样的东西决定自己一天的情绪呢？她自己后来也承认，这东西在逻辑上一点也站不住脚。然而，真正到了实际生活中，她理性和敏锐的一面（在她生活中其他很多方面都表现得淋漓尽致）和情绪是完全分开的。她把星座运势作为一个指引，就算心里很清楚那些不过就是一个被折磨得很烦的占星家

1　李维·施特劳斯（Levi Strauss, 1829—1902），牛仔裤发明者，著名服装品牌 Levi's 的创始人，他创始的品牌代表了美国西部原始的拓荒精神。

随手写下的话，或者连她自己都怀疑，是出自烦躁占星家雇的小工之手。诺莉亚并不是相信自己的星座，她相信的就是星座运势。她需要这个才能开始自己的一天，就像有些人非得画个十字架或者喝杯咖啡才能出门一样。我老婆的情绪机制由很多很多配件组成，而这烦人的星座运势就是开关：短短一段话，就能决定她从睡眼惺忪到完全清醒后将会有什么样的情绪。好在，运势的影响一般在早上就会逐渐减退。真是很可怕的仪式，但也很短暂。

　　一直到去世，诺莉亚都在订阅一份叫作《星空》的周刊，是个什么"伊莉莎贝塔夫人"写的。过去五年来，她都是以电子邮件的形式订阅的，但在那之前，感觉大概有一百万年，都是送纸刊到家的。再往前，我第一次见到她时，诺莉亚就会看报纸上的星座运势。每天早上，她会穿着拖鞋从自己的单身公寓中冒出来，去买报纸。她非常严格地执行这个每日惯例，卖报纸的小贩都是每周才收她一次钱。我被她看星座运势的习惯给吓到了，但又很喜欢每天一大早就能看到报纸：这就是那种两人交往早期就能感知的美好感觉，就像在厨房里做爱。

《星空》杂志会为你提供私人定制的七日运势，依据是你的星座、上升星座，甚至是你的名字，会有人直接打印在你那份杂志上面（你看诺莉亚的名字就像个"之"字形，打字员们很讲究，印出来的字如同在跳舞）。你应该想得到，这样的出版物可不便宜。

　　一天，诺莉亚在诊疗室里迎接了个病人，不是别人，正是伊莉莎贝塔夫人。真人五十多岁，脸色苍白，身材肥胖，心脏情况很糟糕。她很友好，但满嘴脏话。诺莉亚很快得知，她名字最后那个"a"，是她妈妈的主意，并非什么不太巧妙的化名。一开始，诺莉亚没有提关于杂志的只言片语，因为作为一个心脏病专家，她的迷信还是自己知道就好。她给夫人安了起搏器，就这样。不过，因为是12月，这位病人（在千钧一发的时刻得到救治，对医生永远感恩戴德）邀请我们去参加她杂志的圣诞派对。我当然很高兴能去参加。一是出于人类学家的好奇；二是因为我很确信，一旦亲身体会了伊莉莎贝塔那本杂志内部的商业运作气息，诺莉亚终会认清自己一直以来的错误。结果呢，聚会完全不符合我俩的想象。首先，地点是在伊莉莎贝塔家里：一套简陋寒酸的大公寓，室友是一只鹦鹉和一个比她年轻很多的女人，既是她的爱人，也是她的护士，同时也帮她办杂志，清扫房间，填写星座卡片，大家都叫她"双鱼"。我记得双鱼似乎一直黏在伊莉莎贝塔的腿上。派对上还来了别的一些人：几个占星家、音乐家和两个没那么自我的知识分子，还真是少见。晚饭有朗姆酒（还有少量的潘趣酒）和堆成小山的外卖比萨。我们一到地方，双鱼就递过来一张单子，让我们勾选喜欢的比萨配料。她肯定是抽空点了单，因为不久比萨就被送到了门口。咱们胖胖的老伊莉莎贝塔穷得叮当响，这些只有圈里的人才知道，但她超前于谷歌很久就明白了一件事：看上去很有私人定制感觉的服务多么有价值。

不知不觉之间，这简陋的聚会就消解了我每天早上醒来看到诺莉亚痴迷于星座运势时嘴里那种不舒服的味道。原来"夫人"是真实存在的，她这个小小的星座上有长尾小鹦鹉的羽毛、廉价意式辣香肠，还有一段充满情欲和温柔的拉拉浪漫史，让我一下子对星座运势这整件事放下了心。我解释不清楚原因。

人人都知道，星座运势就像一枚贝壳：要足够大、足够空，才能容下我们想听的话。但我累了，不想再一遍遍地向诺莉亚解释这个道理，反正她也清楚得很。我对整件事看法的改变，并不是在这么浅的层面（我明白那个经得起检验的配方：扯个什么行星，加点病症，来点意外之财，编成一段话，星座运势就这么写成了！——至今仍然适用），而是比较深刻的：也许写运势都是在套公式，但那些文字也不是无中生有。每个字后面都有个作者：她也不是什么唯利是图的邪恶大公司，而是个真正相信星座的中年妇女。十二宫的那些星座星象，就是伊莉莎贝塔最钟爱的角色。每周，她都用自己的笔赋予它们生命，有些比她更糟糕的作家还创作过更糟糕的角色呢。《星空》杂志的内容有种开放性，可以进行多种解读，但这不是一种失败。恰恰相反，这就是这本杂志和所有伟大文学作品共有的特性（唯一共有的特性，但仍然可贵）：代表了全人类的愿望和希冀。

这些话我都没对诺莉亚提过，因为就算我给她写个长篇大论（标题可以叫"占星术也是人文学"），她也会皱起眉毛告诉我，我这就是典型的处女座特征。不过，关键在于，我这套占星学也是文学艺术形式的道理，对我产生了奇迹般的作用。它为我打开了新的大门，让我获得了过去这些年来从未能拥有甚至都无法假装的宽容，而我的不宽容，恰恰是我们一大早发生争吵的罪魁祸首。从那一刻起，只要诺莉亚在早餐桌上宣布"水星逆行"了，我就立刻切换成"宽慰模式"。我会抚摩她的头发，夸赞她，在她屁股上轻轻捏几下，在她出门上班的时候缠着她亲热一下。如果换一种情况，诺莉亚很高兴地宣布："今晚，仁慈的满月将会用良好的关系照亮我的星位，落在海王星并行。"我就心想：啊，今早她会很坚强！这就像给我颁发了一张"可以不坚强"的通行证。

婚姻，无他，接力赛而已，诺莉亚每天的星座运势就是我递棒接棒的信号。也因此，这么多年来，我一直不满她这么依赖星座，结果，这也成了我每日必参考的运势。

"如果什么事情都失败了，"我间歇性地会感觉这次我写不完一篇文章了，更别提熬过修改、交稿、编辑、被拒以及一定会遭遇的羞辱等这些做学术时必然要承受的漫长过程，每当这时，我就会对诺莉亚说，"我们就去

154

海边住吧，我来种木瓜。"

种木瓜可是我至高无上的野心。

而诺莉亚则相反，她职业生涯的字典里没有"失败"这两个字。就算她完全受够了，她也从来不会说放弃之类的话。相反，她会去畅想未来，会说"等我退休了……"

"等我退休了，"她说，"我们就在院子里安个极可意浴缸。"

但我们没能走到那一步。诺莉亚·瓦加斯·瓦加斯去世的时候还在工作。佩兹把打印的心电图给她带来，她就在床上看那些图。她去世的时候，和活着的时候一样，都被别人的心跳包围着。

心缩，心舒，就这么简单。

困扰一个鳏夫的诘问倒是有限（为什么？为什么是我？为什么是诺莉亚？为什么不是我？），而且按个按键就能删除。

你确定要删除这部分的感觉吗？就像1985年地震后这个房子的样子？

正如蛋就是蛋，确定就是确定，妮娜。就让我这个老光棍儿拥有一方没有眼泪的空间，一个清楚明晰的页面吧，不管看起来有多么虚假：点击确定。

我从头开始讲吧。

1972年，我在国家人类学院与诺莉亚相遇。她来参加我每年举办的研讨会（墨西哥饮食：过去与现在），因为她的一些病人被体重问题困扰，生命垂危，她心情很低落，决心要解决这个问题，一劳永逸地解决。她想到从历史的角度去攻破，所以想给自己增加一些这方面的知识储备。她解释说，自己是个医生，知道体重超标的很多原因和后果（也包括她自己体重超标的问题），简直是了如指掌（她喜欢说得很夸张，以此来讨观众欢心）。那时候大家还觉得肥胖只是意志力的问题，她却用了"流行病"这个词。她霸占了我十分钟的演讲时间，向每个与会者大声疾呼，吃加工食品让很多人的心脏病恶化。当时，我的共同作者，我见过的最聪明也最傲慢的男人，对她嗤之以鼻。

我在很多场合都感谢过他表现出这种学究的傲气，

但从来没私下当面感谢过。那十分钟里，他一直不以为然地哼哼着鼻子，而且音量越来越大，我自然站到了诺莉亚那边。我已经知道她的名字了，因为她站起来发表评论前会先做自我介绍，你知道吧，就那种。

我很平静地回答她，祝贺她肩负了一项很有价值的使命，对她讲了食物用于庆祝的历史作用，以及在全国上下作为表达爱意的工具作用。我特别强调了摄入蛋白质和鲜味元素来获取满足感的重要性，也第无数次地为苋米及其巨大的蛋白质含量唱了颂歌。之后还有人提了问题，应该都是关于我的主题的，因为没人愿意听什么苋米是伪谷物的话（他们会觉得很慌："如果吃起来和闻起来的味道都像是谷物，那肯定是某种粮食啊，比如大米，或者小麦"）。本来整件事情到这里就结束了，然而会议结束后诺莉亚上来问我什么是"鲜味"，而我回答："啊，只能去餐馆，才解释得清这种味道啊。"（当然，我这么说，部分原因是的确如此。）

一切就这样开始了，那天晚上我们一起吃了饭，上了床。接着我犯了一年的失心疯，和孟菲斯搞到一起，做了个梦，去找诺莉亚，和她结了婚，这一切全部要感谢鲜味，接着，20世纪70年代就像来的时候那么迅速地去了，我们迎来了1982年，整个国家遭遇危机，自那之后不久，一个星期天，在奇孔夸克的市郊，我从自行车上摔了下来。

这话我要现在说，因为我感觉不到诺莉亚在我身边：今天我去了公墓，迷路了。我花了二十分钟才找到她的墓，即使我很清楚准确的位置。就好像有人取出了我的芯片。这可不正常。

1982年，墨西哥比索崩溃，债务危机，这些都不是什么新鲜事儿，但我从自行车上摔下来，绝对是。我做了一辈子单车骑手，最多也就是有个小擦伤而已。而那天，我还没反应过来，左胫骨就断成了三截，锁骨也骨折了。头盔救了我的命，但头骨也有几处骨裂和两处血肿，过了好多年才消掉。或者是好几个月吧，但真的是很漫长的几个月。

墨西哥遭遇经济崩盘不是第一次，也不会是最后一次，但也并不意味着这就不是噩梦了。比索危机击中了我们的要害。真的是在一夜之间，我们本来就不多的积蓄变得更加微薄，这些可怜的钱都被用来付医院的账单了。多亏有诺莉亚，我才受到了你能想到的最高级的医疗待遇。但即便如此，我也不得不请假停职。我整整四个月没出过门。我躺在床上画画（真是很像弗里达·卡罗[1]了，但我没有她的小胡子，因为每天早上萨拉小姐都会把刮胡工具送到我面前）。躺在那个地方，长时间地望着窗外，我第一次感觉到，我们这么棒的房产，真是被浪费了。

我继承了土地，也继承了愚蠢和犟脾气，直截了当地拒绝把家族财产卖给那些做房地产投资的寄生虫。但我在家休养的时光，吃了药昏昏沉沉，又安逸静谧，突然想到，我可以用这片地赚点钱啊，何乐而不为呢？还有另外一个重要原因，我和萨拉小姐待在一起的时间比以往任何时候都久，她是我们家的阿姨，那段时间总在楼上楼下奔忙，给我做饭送饭。而萨拉小姐不管有没有

---

1 弗里达·卡罗（Frida Kahlo, 1907—1954），墨西哥知名女画家，很小就得了小儿麻痹落下残疾，后来又遭遇严重车祸，一生与痛苦为伴。养病过程中开始以绘画来记录自己的生活与情感。

人听，别人听不听，都会一刻不停地说话。她住在租来的公寓里，整天都在絮絮叨叨地跟我议论这个那个邻居，或者抱怨房东，说他什么也不做，就"靠房租活着"，简直是"浪费空间"。我觉得，在经济危机期间，靠房租活着好像还不错啊。小院的种子或多或少就是这样播下的。但真正导致五年后开始建设小院的决定性因素是我画的那些草图，还有1985年那场著名地震造成的破坏。

我们总是说，这件事是由我们两个人共同决定的，但在内心深处，我觉得不生孩子这个选择（后来又想要孩子）是她做的。我想不管她决定什么，我都会照办。我们倒从来没确切地说过这事，但毫无疑问，我从来都是很乐意地去满足她的愿望，不会强加我的意志。让步会让你感觉自己是个好人；非要实现个人愿望，会让你觉得自己太过强人所难。我有个超级霸道的父亲，我总是拼尽全力让自己不要像他。而如果你不想当一个太霸道的父亲，有个绝对万无一失的办法，就是根本不要做父亲。孩子让我害怕。诺莉亚家里有四个孩子，她是老大。她从六岁就开始帮弟弟妹妹换尿片了。而我是个独生子。我觉得尿片不是一种伟大的发明，而是一种特别让人茫然困惑的手工艺品。我觉得尿片本身和里面包着的东西，都是一样恶心。

"那，"诺莉亚评论道，"就是你的'子女状态'在作祟。"

也许是吧。但后来我问佩兹对这件事有何感想，他漫不经心地回答："尿片是谁啊？从来没听说过他啊……"

"我是不是老了？"真希望这个问题我也能对佩兹问得出口。

有时候，我大半夜醒过来，想着我对诺莉亚·瓦加斯·瓦加斯这个名字有多么习以为常。我的双腿似乎灌满了某种暗黑的能量，让我想踹个什么。但我最多也就是捶了捶床单，一点也不像个成年男人在发火，就是个小孩子在闹脾气。我本应该多多用她的名字，我应该没事就多喊上几遍。我白白浪费了数千次、数百万次在口中细细品味这个名字的机会。我说起她时，只会说"我老婆"；喊她的时候，我会说"亲爱的"；给她发信息的时候，我连个称呼、连个问好都没有。我的信息很简单，仿佛我们不会死，会永远这样下去似的：

"回家吃午饭吗？"

诺莉亚喜欢"项目"这个词，给她一种井井有条的感觉。她以前最爱说我们在合作一个"人生项目"。但是，恕我直言，我也不在乎她是不是在看这个，我觉得她从来没有充分理解过这个说法到底有什么深意。做项目，你就要发起项目，充满热情地去做，迷恋上那个过程，进行艰难的缠斗，之后，如果你很自豪、勇敢，又谦卑、高傲、非常固执，你会搞定所有零星琐碎的问题，把项目做完。这个时候通常都会经历一段"产后困惑"，最终周身会洋溢着一种平静，并且悲伤地发现，什么都没有改变，很可能根本没人真正在乎你的努力。接着，你就会迎来某种平和，之后，天知道是怎么回事，对新项目好奇的种子，又在你内心深处萌芽了。我一辈子都是这么过来的：小院、现代农地、发的每一篇文章。但现在，我好像无法制订进攻方案了。我周围的植物都在逐渐死去。我给"姑娘们"洗澡不勤，还漫不经心。我就只会喝酒，写短短的几段文字，相互之间还不连贯，肯定连妮娜·西蒙都没什么兴趣。我甚至不太会喝酒，喝到第三杯龙舌兰，我就必须得躺一会儿了。要是我坐下来写东西，就写出一堆乱七八糟的文字。这些东西就这么留着，没有开头，没有结尾，也不可能有什么值得发表的亮点，所以，我既不是在做项目，也根本摆脱不了这枯燥乏味的例行公事。那天下午，琳达问我，我们是不是要变成酒鬼了。我告诉她，不会的，我们是苋米那样的C4植物：对液体的利用更高效，能够用比较少量的水，生产出同样的生物量。

"生物量？"她问道。

"眼泪。"我说。

关于这个"项目"什么的，我想说的只是，诺莉亚完全低估了我构想项目的能力。她还觉得自己特别擅长这个。当然啦，她的才能是比我多多了，但我不得不说，在这件事情上，我还是略胜她一筹的。她从来都不需要过那种自立自持的生活，因为她一直都有同样的任务：络绎不绝的病人。而这些病人就像同一个病人，没完没了地反复来找她。所以，当她用"项目"这个词时，我内心有什么东西在抗议。当然，是无声的抗议，因为诺莉亚说起这个"人生项目"的时候，语气高昂，不容置疑，洋溢着自信，仿佛她是在解说人体的循环系统，就连她的声音都变了。比如，她会用自己那种斩钉截铁的语调说："阿方索，生育这种事情，不是我们人生项目的一部分，你也同意的，对吧？"

我说什么了呢？如今我连记都记不得了。我朝她笑了笑吧，应该是。要么就是说"对"。说实话，我是真的同意。诺莉亚和我总是意见一致的。如果在什么事情上意见不一致，那事儿马上就过去了。我们会互相大吼大叫，她喜欢摔门，我就喜欢抓起外套在街区周围走一圈。就是这样而已。我们就都过去了。但现在不同了。现在我们是陷入僵局了。现在我愿意付出任何代价，只要我们能再吵一次架。

我最后再说说她对那个词的误用。如果我们真的是一起在做一个"人生项目"，那就应该一起把它完成啊！当时我就想过这个问题，但知道她肯定是听不进去的，就像我也不可能说出口。所以，我们一起走过的这些人生，并不是个项目，而是另一种承诺：那种持续不断的任务。这也可以解释，为什么她走得越久，我好像就越需要她。

这个世界满是小东西、鬣蜥蜴、锯齿、教导者、骗子、如果和幻觉。你要问我，我觉得我们什么都不是，就是一群傻子。[1]

我在今天的报纸看到一篇文章，又在宣扬那个神话，说霍奇米尔科湖群岛上只种过玉米。我心情真是差到家了。拜托啊！我们到底还要发表多少研究成果，学校才能教给孩子们真相：他们在那里种过神圣的苋米，种得遍地都是，墨西加人会吃茎秆和叶子，种子也磨了做面粉。面粉当然会用来吃，但也用于祭祀。墨西加人雕出小小的神像，用小刺先戳进自己的肉身取一滴血，然后再用同一根刺给神像钻孔。西班牙人禁止种植苋米是个明智的决定：他们不在乎少一种能源作物，因为这样也

1　这一段列举的东西，英文单词都和"傻子"（idiot）一样，是以字母"i"开头的。

少了一种当地的仪式，免得他们亲自动手去废除。他们一公里一公里地铲平了这些作物，还规定谁要再种，就会接受严厉的惩罚。于是，苋米就被从他们的土地上抹去，也从他们的记忆中消除。这种决定性的胜利，只有荷枪实弹的军队能办到。他们操纵编造了一整套新的历史："这里曾经只存在玉米！"而我们照单全收。在墨西哥，我们曾经对"农地"这样的事情很执着，现在还有些人是这样，都过了二十年，写了好几本相关的书了。是啊，是啊，"农地"听起来很迷人，就像金字塔。但还有超越这些纪念物的东西，和它们一样美，却要简单很多，就发生在别人的私生活里：家族范围内的崇高和神圣，食物与仪式合为一体，和谐统一。

然而，那些随大流的科学家和纪录片制作人对这些细节——苋米啊、信仰与日常创造的每日奇迹啊——都不感兴趣，他们总喜欢把伟大、宏大和夸大混淆在一起。要么是这个原因，要么他们就是视而不见，就像很多导游就是不解释著名的玛雅遗址图鲁姆金字塔上那两扇窗户其实起到了某种形式的灯塔作用。有人做过试验的。研究院的人拿着蜡烛从窗口投射出灯光，玛雅人就看着那灯光，为小船导航；行船的地点是他们唯一的运河，只有在这上面行船，才不用在这个崎岖的半岛上走陆路。中美洲珊瑚礁是世界上第二大珊瑚礁：从尤卡坦半岛开始，一直延伸到洪都拉斯。他们在这片区域设置的导航系统，真是让人着迷。但沿海的酒店老板好像并不感兴趣。

"灯塔！"他们说，"真无聊！把这个去掉，在官方文案上写'庙宇'。"好像狂热迷信比聪慧机智高明很多！

就算是现在，一想到我们的很多发现就这样被那些不学无术的学术界"霸王"给无视，我还是会情绪激动。有时候我真的感觉，我们在研究所工作，只是为了让那些美国佬学者坐收渔利：我们为他们制造有趣的细节。我们在这个国家所得到的研究发现，只有多年后才能在他们那边见天日。我说"他们那边"，意思是和墨西哥公共教育部保持安全距离的地方。差不多应该是这样的一个过程：有一天，一个受过多教育的小美国佬，一辈子连苋米面都没吃过，却写了一本叫《苋米》的书，他在书里写的东西，都是我多年来一直在说的内容。他也许会用纳瓦特尔语里

"苋米"的那个词，赋予一种土生土长的感觉：仿 Huautili（苋米），各大高端零售商及机场均有销售。他们会奖励这个美国佬伯克利的终身教职，然后呢，本来就是全世界种植苋米最多的中国人，就有了一整个新市场：美国中产（他们迷失在对健康饮食的各种质疑中，很不讲究传统，完全跟着最新流行的饮食趋势，听风就是雨）。"请告诉我吃什么"，这七个字完全可以用来描述大部分教育程度良好的美国佬。他们会把加工过的中国苋米加上醒目的包装，在电视上做广告，然后像出口塑料玩具一样进行出口。这种苋米在墨西哥的售价高得吓人，我们也去买来，要是你吃了之后胆敢跟哪个孩子说，这不过就是我们在墨西哥常常吃的种子棒嘛，他会握紧拳头揍你一顿。只希望到那时我已经翘辫子了。

我时不时地去街角那家店买个啤酒什么的，但大采购都是贝托帮我包办的，我很感激。我这么说不仅是为了防止我猝死在这台笔记本电脑旁边。自从诺莉亚去世后，我就一直在想，要是我一命呜呼了，会是哪个邻居去通知别人呢？会通知谁呢？研究院吗？还有我的同事们，他们会做什么呢？把我放进一个上面有研究院名字缩写的骨灰盒？找个国家遗址之类的废墟把我埋了？我估计不会。不管是谁发现了我的尸体，应该只会毫无仪式感地把它和垃圾一起丢了。可能那时候我都有味儿了。我啊，是一直勤洗澡洗得很干净的人哦！按我的猜测，贝托应该是第一个发现我的人，他会给我送买的东西来。所以呢，我给了他一串钥匙，但没说是这个原因。我只要听到他进了门，就会下楼，说请他喝瓶啤酒，没什么原因，就是想让他喝，因为我们都活着。他几乎每次都会笑纳。我们就坐在那个露台上，俯瞰着死气沉沉的农地，那里曾经有苋米植物开出的深粉色不凋花，在风中摇曳；我们会一起计划把死去的植物都拔了，弄个烧烤架，或者砌个游泳池，但都实现不了。我们谈天说地，无话不聊，直至时间到了，他该去接女儿下芭蕾课，或者有别的什么事情。贝托会跟我讲话，问我问题，他很豪爽，也是真的感兴趣。仔细想来，在我这辈子见过的男人中，贝托是少有的我感觉可信任的。也许是因为他老婆离开了他。或者，也许这是她离开的原因。在内心深处，我觉得我也是那种男人。不过，这也许只是我自说自话，而且说真的，我这个人，真的能让别人做到不闻不问。当然啦，不闻不问比厌恶反感好多啦，但是没有"被信任"那么光荣啊。不是那种冷酷无情的不闻不问，完全不是，而是我多年来都努力不被察觉地活着，自然就导致了这么个结果。你婚姻幸福，再加上长期害羞内向，还有一系列雷打不动的习惯，这简直是消失于人群的完美配方。你会变成《鬼马小精灵》里卡斯帕那种幽灵：友好亲切，但离了你，生活百分之百照样运转。小时候，只要有人问我希望拥有什么魔法，我总会说时空旅行。我希望我来看这个世界，而世界看不见我。说实话，我觉得所有的人类学家都是这副样子：对所有与人类有关的事情，天生喜欢去观察，也带着适度的好奇，但又从未像艺术家那么敏感，像哲学家那么严肃，或者像律师那么投机。我们那种适度的好奇心，不像间谍或科学家那么系统，那么执着到有一点严苛的地步，我们也绝对不像社会学家那样拥有引以为豪的推演创造能力，更不像小说家那么自律。不过嘛，我觉得你倒是可以说，这些品质我们多少都有一点，如果你是那种"杯子一半满"[1]的乐观之人。

　　经过几天的严密观察，我可以确定：（1）人们在街上还是会躲着我（他们不会看我，但还是会为我让开路，也就是说，至少从生理上来说，我还是个可感知的实体）；（2）今年我头一次没有想快点去死的事情，因为我感觉自己要做个项目了（虽然还是一个因为长期陷在悲痛中而产生的项目）。我不想死，因为我现在和妮娜·西蒙（别名"小黄糖"）组了队。而且，四十年来，我这还是头一回敢在写东西的时候不加脚注。

　　这就是我的休假新生活：我不再设早上的闹钟，每天八九点之间，双眼自动睁开。想想小时候听过的那些恐怖故事，我应该算是很幸运的了。或者，也许并非每个老家伙都会失眠吧，他们只是喜欢夸张。要是我有个孩子，我能对他倾诉自己起得太早的那种烦恼，我一定

1　"杯子一半满"（the glass is half full），指的是一个杯子里有半杯水，乐观的人会说："这个杯子是半满的。"与之相对的是，"杯子一半空"（the glass is half empty），是悲观之人的视角。

会跟他这么说啊。

起床以后，我冲澡，穿衣服，给自己泡杯咖啡。我喝咖啡的习惯，又回到做作的学生时代，那时候的我认为细节决定成败，而且是欧式的细节：必须用那种意大利的炉台加热浓缩咖啡器，不加糖不加奶。诺莉亚喜欢机器做出来的咖啡，喝起来没什么味道，所以我们一喝就喝很多，完全不是我们这个年纪该有的量。

咖啡喝完了我会吃个香蕉或者鸡蛋，看家里有什么吧。我给"姑娘们"穿好衣服，我们三个都在书房里坐好，我就坐在妮娜·西蒙面前。接着我整个上午都全神贯注地写作，绝对不去查任何资料，只用心和脑。中午，我会休息休息，去芥末屋喝个酒，跟琳达干个杯。接着我从这个街区三个食品小站中的任意一个买点吃的（因为我发现，给自己做饭，差不多就像拿根棍子自戳双目一样）。我已经这么勤劳又单调地过了三个星期。我写得多，但删得也多，因为我想把它写对写好：要是我做不到有条有理地叙述一切，至少要把重点讲了。

两三天前，我给这个文件插了个标题页，用很大的字母在正中间写下"诺莉亚"（Noelia）。接着我加上她的姓，又删掉。光是这个名字，似乎对她来说不够隆重。我写下"鲜味"（Umami）。这书名有点傻，因为我已经有本书叫这个名字了，那本书是纯食物人类学理论书。但我觉得暂时就这样吧，因为，"鲜味"虽然是个用过的书名，但也是个完美的书名呀。要写清楚我老婆这个人，就像要解释清楚"鲜味"一样，既有必要，又不太可能：那风味淹没你的味蕾，但又让你说不清道不明。复杂多样的同时，又清爽圆和，就像诺莉亚：既有辨识度，又让人捉摸不透。"鲜味"是完美的书名，因为没人能理解它，就像我也从来没完全理解过诺莉亚·瓦加斯·瓦加斯。也许正因为这一点，我才从来没厌倦过她。也许这就是爱的全部意义。也许这就是写作的全部意义：试图在字里行间让某个人鲜活起来，即便你很清楚那个人就像万花筒一样，仿佛苍蝇的复眼中那上千个倒影。

我时不时地要把某些段落朗读出来，都和前一段一样，既夸张做作，又写得不好。我就把它们全部删掉。你可能以为，我把这些朗读出来，是想给"姑娘们"听听，但我还没彻底失去理智。暂时没有。我很清楚，要是我死了，按响警报的不会是"姑娘们"。

对了，要是我真的死了，还是希望白纸黑字把一些事情写清楚：

致发现我的尸体，还会费心把我和垃圾一起扔出去的人：

多谢了，哥们儿！

以及：我在此将"姑娘们"的监护权移交给你。你需要用一块湿布给她们洗澡。无论如何，请务必不要把她们浸在水里。

祝好！

前面某一页我写了个"别名"（AKA），当时想起一件逸事。20世纪80年代，我曾经收到马德里康普顿斯大学（那时候这所大学并不是和现在一样糟糕，而是更糟糕）的邀请，去开一门课，讲前西班牙时期拉丁美洲的饮食、克里奥尔的饮食融合以及"农地"：都是我闭着眼睛就能教的东西。我偷偷瞒过海关，带了一串儿五颜六色的干玉米棒子，来激发学生们的兴趣，并且在马德里教满了一整个学期，那期间，是我和诺莉亚的二人世界中第一次也是最后一次互相通信。诺莉亚把我写给她的信全都保存下来了。去年的一天，已经病得很重的她叫我把那些信读给她听。我读到其中一段，其中有个词是"Knockout"。

"什么？"诺莉亚说。

"Knockout。"我慢慢地说，想把不怎么样的英语发音改善一下。

"嗯，我听清楚啦，但我不知道是什么意思。就是拳击里的击倒？"

"正是。"

"不对吧，拿过来看看。"

我把信里的那个句子指出来，她立刻咯咯咯地笑个不停，笑得特别开心，我也被传染了。我们笑啊笑啊，眼泪都笑出来了。我们在得知她得癌症之前都没笑成这样，可能更早的时候也没有。等最后我们都控制住了自己，我问她怎么回事。原来，我们结婚这么多年，每次我用"Knockout"的缩写"KO"，她都以为是"OK"。

"我还记得这个，太好笑了。"

"但你难道看不出来，刚好是OK倒着写啊！"

"我还以为是你的读写障碍呢。"

"什么读写障碍？"

“我也不知道，就是你的呀。我一直以为，那是专属于你的读写障碍。”

“你从来没提过！”

“嗯，那我们扯平了。”

“怎么扯平了？”

“就是扯平了，因为你也从来没提过我只要早晨看到倒霉的星座运势，你就会觉得很开心！”

今天，我把那本华金·索罗拉[1]的书给了玛丽娜。我想这样诺莉亚会开心吧。也许不会，因为那是她最喜欢的书，不过她肯定也会同意，如果这本书放在身边会让我郁闷，那最好把它送给那个很有追求的画家。

我在马德里教书时，诺莉亚过来跟我住了两个星期，迷上了索罗拉博物馆，主要是因为就在我们住的地方旁边，有个很阴凉的院子，可以坐在树下看看书。博物馆没有咖啡厅，也就没有多少服务员：诺莉亚和马德里各种餐厅咖啡馆的服务员都合不来。有些下午我们会一起

1　华金·索罗拉(Joaquin Sorolla，1863—1923)，西班牙印象派画家，大师级人物。

去看索罗拉的画。总体上说，她对艺术不太感冒，但喝上几杯葡萄酒，吃上点西班牙小吃之后，天哪，她简直就对那些画迷得不行了。周末，也就是我们要出去喝开胃酒的时候，诺莉亚会拒绝戴她的眼镜，真是个糟糕的习惯，因为这样她就只能把索罗拉的那些画看成模模糊糊的影子。别人都往后退，站得稍微远一些去欣赏一幅大型风景画，她呢，只能站得很近，还只能略微地看出一些笔触。诺莉亚凑近了看那些用绘画抹刀涂抹到画布上的、粗重混乱的油画颜料，那种扭曲的、略微神经质的索罗拉式画法，她确信，自己欣赏的是个抽象派画家。回到墨西哥之前，我帮她拿到了展览手册，她戴着做手术用的眼镜，翻了翻那本小册子，完全惊呆了，甚至还有点失望。但后来她逐渐喜欢上了索罗拉，那本手册总是随手摆在客厅的某个地方。

我给玛丽娜的除了书，还有诺莉亚的一张照片，并且委托她画成肖像。

我又有了很累心的新执念：被净化到最纯粹形式的后悔。三十年来，每周结束时，诺莉亚都会把她订阅的那些《星空》扔进垃圾桶。真是太傻了！要是我现在手头有这些杂志，就能把我和我老婆同居三十年来，她每天早上的心情都列出来了。那可是名副其实的"项目"。我失眠的时候，甚至考虑过去追查一下伊莉莎贝塔夫人在哪里，找她要过去的那些杂志。她那套简陋的公寓在革命大道上，她肯定在里面建了个秘密的资料馆，放了很多金属资料柜，上面装饰着金色的星星贴纸。不过，光是想想伊莉莎贝塔夫人很可能也去世了（她和她的长尾鹦鹉都有可能），我就不敢去联系了。我怕我会发现接着写《星空》的人。也许双鱼在新瓶装旧酒地改写以前的内容，或者把某个没人知道的波兰星座网页上的内容拿来让谷歌翻译一下，再登在杂志上。所以，我不会去深究此事，你们都懂我的。并不是因为要是听说只剩下双鱼孤身一人了我会觉得遗憾。恰恰相反。最近，虽然我自己还是悲痛不已，但看到别人丧了偶，我只想说："那来吧，让我们看看你觉得怎么样。"

2001

我一个人待着，身边只有克里奥和这些树。但是树不算，因为它们太高啦，也不跟我说话。克里奥黑黑的，还有点棕色斑纹，毛茸茸的，是艾玛所有的狗狗里最老的一只。我给它挠肚子，直到它的傻足[1]在什么地方喊它，它就飞一样地跑去找它们了。我没养狗，在这里没养，在墨西哥也没养。奥尔默和我一直求着爸妈想养一

---

1 原文是"zipling"，即英文"sibling"（手足）故意写错。

只，但是西奥对狗过敏，安娜又想养只猫。就算一只狗都没有，我也听得懂狗狗互相之间都在说什么，我还知道，如果有什么东西大小跟你差不多，和你住在一个房子里，那个东西就叫你的傻足。克里奥就和它的傻足们还有艾玛住在一起。艾玛的房子有股烟囱和狗狗的味道，有时候还是湿乎乎的狗狗。她家地上铺着厚厚的大毯子，上面画着奇怪的画，盯着看的话，会把你看晕。她的墙上还挂着木头做的面具。无论什么东西都让你感觉像在过圣诞节，除了面具。那些面具让你感觉像在过万圣节。

克里奥跑走了，彻底把我给忘了，也不回来了。现在，我看出去，到处都是栗子，但看不到鸡油菌的影子。鸡油菌们都藏着呢，我都找烦了。我想回屋子里去，但不知道该往哪边走。可能往下走吧，因为我们一直在往上往上再往上。我踩着克里奥留在泥巴里的脚印，一直走到一片特别干的地方，没有蘑菇，也没有脚印。我冷。我把死飞行员羊毛衣的袖子拉下来。大家都去哪儿了呀？这片林子看着就像是被施了魔法的森林。我大着胆子闭上眼睛，但接着就害怕了，又睁开。我背靠在一棵树上又试着闭了一下，说不定要容易些。我至少要数到十再睁开，而且必须好好地数，像昨天我们拿吸管在水底下呼吸时皮娜教我的一样。

"一千，两千，三千，四……"我又害怕了，睁开眼睛。

我的哥哥们总说我是只胆小的猫咪，他们说得不对。只是在我害怕的时候，才算说得有一点点对。

到处都是树，它们的影子变大了。我感觉可能现在它们能跟我说话了，但说不出什么好听的话。我真的很害怕，开始飞快地走起来，拼了命地走，脚不痛就行。我看到屋子了，但是好远啊，我伸出手就能遮住。森林开始说话了，我得跑起来了，就算没穿鞋也得跑，就算我的脚好像两个泥巴做的蛋糕，也得跑。我被绊倒了，又爬起来，哭了一下下，但我一直跑一直跑，一直哭，接着，突然，树的影子没有了，栗子没有了，也没有下坡路了。我跑到平地上，跑到花园里，太阳可灿烂了，我就要得救了。我看到大家了，我很快很快地朝他们跑过去，但是好像根本没人看到我。

他们都围着最大的那个新池塘站着。艾玛在抽一支她自己做的那种烟。我猜她是在上课，因为她做出上课才做的那种动作，就是总要到处乱挥她的手。安娜和皮娜看着她，不看我。妈妈伸手摸着我的头，像弹钢琴一样玩起来；有时候我挺喜欢这样，有时候我又"导演"[1]这样（虽然爸爸说不管你有多受不了，也不能"导演"）。我不管他们是不是不理我了，因为我现在要跟上这个课，讲的是新的池塘运作方式。我一定要比安娜学得好，这样爸爸从岛上回来，我就可以给他解释啦！

艾玛说，这个池塘属于一个池塘系统，会把所有的废水过滤到干净为止。妈妈看我皱起了脸，就解释说，废水就是我们墨西哥说的黑水和白水，黑水里面全是粑粑，白水里面全是肥皂。干净的水里面什么也没有，因此就叫"水"。

我问艾玛，池塘怎么把粑粑都清干净，她说用鹅卵石和小碎石。我真是搞不懂了。我感觉我的脸又皱起来了。有时候我想提问题，但不知道问什么，脸就会皱起来，跟兔子一样。艾玛拉着我的手，把我带到池塘边上。她的手好奇怪哦，手背软得不得了，手心摸起来又很粗，

1　原文故意把 hate（讨厌）写成 sit（坐下），发音相近。

粗得就像音乐厅外面的那些火山岩。爸妈在音乐厅排练，我和我的傻足在外面玩儿。有时候他们排练太久了，西奥说我们会像岩浆一样熔化掉，成为火山岩的一部分。

艾玛带我参观了整个系统。系统其实是四个池塘，由小小的瀑布连在一起，好像池塘之间的梯子。第一个池塘是看不到的，因为在屋子的地底下。你只能看到一点点水进到第二个池塘的地方。然后在第二个和第三个池塘之间，又有一个像墙壁又像楼梯的东西，是用碎石头、鹅卵石和植物堆起来的。第三个池塘里面开了睡莲，第四个里面游着鲤鱼。按照鲤鱼大小来说的话，这些不是很大的鲤鱼。不像上次我在一个公园里看到的那些，看着都有一百岁了，还有胡子呢！

艾玛的课上完了，烟也抽完了，现在她想找个水管把我冲干净，因为她不喜欢我浑身都是泥巴地和她的狗狗一起躺在屋里厚厚的地毯上。我把毛衣和泳衣都脱了，她拿管子冲我，就像我是花园里的花花草草。我脚底下出现一个泥巴色的小水洼。我膝盖上那些硬硬的土变得湿湿的，颜色也深了，然后顺着我的腿流下去，就像脏兮兮的果汁，你可以直接从我身上喝。我变回了自己的颜色，最后就只剩下脚指甲和手指甲里还有土了，到最后的最后，外婆对我说：

"现在好些了。"

但她说得不对，因为没了泥巴，我就没法施展"脏眼法"了。

水里有几个孩子。也有几个大人，但是他们不算。女孩子们一串串儿地坐在周围，像会说话的葡萄似的。皮娜急匆匆地从她们身边闪过去。安娜不在，她觉得好烦。她绕着泳池走了一圈，然后又走了一圈。某个周末在酒店认识的一个女孩子招手叫她过去。

要不今天我们就当朋友吧。皮娜心想。

女孩穿了一身比基尼，辫子从左耳围着额头一直到右耳，像一顶皇冠，然后垂到肩膀上，绑了个白色蝴蝶结。皮娜很确定，自己的妈妈肯定完全不知道该怎么编这样的辫子。她走过去，那个女孩对大家说："这是皮娜。"

皮娜正要抬起手向大家打招呼，结果辫子女孩突然唱起来："大傻皮娜，菲律宾的皮娜！大傻皮娜，不是拉丁皮娜！"

三个女孩子尖声笑起来，让皮娜想起上学时早上刺耳的闹钟。她双臂抱在胸前，从泳池边走开，脚踩在滚烫的石板上烧得慌。皮娜把牙齿咬得咯咯响，她绝不会哭。

要是哭了，奶奶会不高兴的。而且，不管怎么说，她奶奶也根本不是菲律宾人啊！

"别走！"有个女孩子大声喊道。

但皮娜已经偷偷躲到一栋小屋后面去了。就在像这样的某一栋小屋里，她爸妈一如既往地在吵架。

她一直走到酒店尽头，在房间后面走着，一路躲着石头、蚂蚁和烟头。每栋小屋后面都有一条晾衣绳，拴在窗户的铁栏杆和停车场的栏杆之间。她偷偷溜到晾衣绳下面。大部分晾衣绳都是空的，但只要上面晾着东西，皮娜就不用猫着身子走路，衣物从她脸上拂过，有那么一瞬间，她觉得自己好像伊莎多拉·邓肯[1]，她总是被衣料包裹着，至少皮娜妈妈挂在家里墙上的那些照片是这样。

在停车场入口附近，皮娜发现有几丛灌木被修剪成不同的形状：有一丛像只鸡，剩下的像球，也有可能是鸡蛋。有些鸡蛋比那只鸡还大。灌木后面有条铸铁长椅。她坐下来。铸铁长椅滚烫得像是要把人烧焦了，但她打定主意，就是坐着不动。从长椅上可以看到停车场的景象。没有人，只有车；没有人的车。她数着车，这样就不用老想着腿下滚烫的长椅了。一共十四辆。热浪从车轮下的柏油碎石路面升腾上来，如果她不眨眼，使劲盯着，停车场就像在跳一支很慢的舞。

皮娜突然反应过来，她手上还拿着爸爸给的那根香蕉。爸爸给了她之后，就急匆匆把她推出门，不让她看爸妈吵架。她全忘了，现在香蕉上一直被她握着的地方都变成棕色了。她看到附近有个治安亭，上面的窗户看

1　伊莎多拉·邓肯（Isadora Duncan，1877—1927），美国著名舞蹈家，现代舞的创始人。

起来就像镜子一样，不知道里面有没有人。她慢慢地给香蕉剥皮。今天，她做什么事都必须慢慢的，这样太阳就会离开，月亮接着离开，然后他们就回到小院，她就可以把那个辫子女和爸妈吵架的事一股脑儿都告诉安娜。没有安娜的日子，就像电视静了音。

那天，安娜的爸爸维克多告诉他们，静音按键并没有把声音降低到那种超级变种人才能听到的频率。但他从屋子里出去后，西奥还是斩钉截铁地说肯定是这样，维克多从来不会承认这样的事，不然这群孩子就会越想越怕，每天晚上都尿床。西奥还跟他们解释说，今年，2000年，叫作"〇〇年"，接下来的几年就是：〇一年、〇二年、〇三年。他们不会把一开始的"二十"写出来，因为那样太占地方了。

"就像墨西哥把比索后面的三个零取消了，一百万变成一千，他们说那是新比索。但你们都不记得，因为你们这些女孩子那时候都还是小婴儿呢！"

"你都还没出生呢！"安娜说。

"就是啊。我是新比索一代，所以，我和你不一样哦，笨蛋。我知道怎么数新的年。"

"如果数到了十，"皮娜问，"是不是○十年？"

"问得好啊，皮！"西奥说，转过身留给安娜一个背影，"是这么数的：十，十一，十二，就这样。不用加零。十三年我就二十岁了，很好运。"

皮娜并不是特别确信。然后安娜朝她发誓说，这一切都是西奥编的，要数也应该是两千，两千零一，两千零二，两千零三，就像数秒一样，当然没那么快。她也许是对的。但皮娜信西奥说的另一件事，变种人的事情，至少她算是信了，因为你按了电视的静音键之后，不会像关机的时候完全没有声音，还是有个声音的，说不上来算不算声音，但也不是完全安静。也许电视真的在为某个离得很远很远的人传送什么东西呢！

皮娜用门牙小口小口地咬着棕色的香蕉，好像慢动作的兔子吃食，突然她看到灌木丛动了，从后面冒出来两个女孩和一个男孩。他们没想到皮娜在这儿，也不知道到底该不该坐下。那个男孩子对她视而不见，但有个女孩用手朝她一挥，就像在赶小狗。皮娜往长椅的边缘挪了挪。她认真地吃香蕉，一副事不关己的样子。她仔细看着两颗门牙在果肉上留下的牙印，和中间没有被牙齿咬到的部分。

"好，"男孩说，"谁先来？"

两个女孩紧张地大笑，其中一个伸手指着另一个。被指着的女孩摇摇头，坐在皮娜旁边。

"你先来，"她对另一个说，"这是你出的主意。"

站着的女孩说："好吧。"然后把右手伸给男孩。皮娜估计自己会看到比较恶心的场景，比如他去亲那只手。

"先来女生的名字，再来男生的。"男孩说。

"不，"女孩说，"换一下。"

"换一下就比较简单了。"

"正好啊。"

"行吧，随便。"

"好啦好啦，行行行，先来女生的名字呗。会痛吗？"

"先女生？"

"嗯。"

"快点！"坐在皮娜旁边的女孩说。她把脚放在长凳上，抱住膝盖，免得腿被烫到。她穿着亮闪闪的塑料人字拖。皮娜的妈妈绝对不会给她买那样的东西。她妈妈喜欢皮鞋，又喜欢皮娜打赤脚：她说这样很自然。男孩握着女孩的手没松，举起自己右手的食指，让大家都看到他的指甲，比别的指甲要长。维克多和皮娜的爸爸也有一根手指的指甲比别的更长，是大拇指，被他们用来弹吉他。但这个男孩子的指甲好像是做别的用途，因为展示了一下之后，他又放回到那个女孩的手上，开始动他的手指：他在挠她。

"A。"他边说边继续挠着。

"杏仁（Almond）。"女孩说。

男孩不挠了。

"杏仁不是名字。"他说。

"啊啊啊，我知道，不好意思，我有点紧张。"

"只能说名字，明白吗？这可是我在第二个'Z'之前最后一次停下了哦，知道吗？"

"知道了。"两个女孩齐声说。

皮娜也说了，还点了点头，但是幸好没人注意到。男孩又开始挠了。

"A。"他说。

"阿尔玛（Alma）。"她说。

"B。"他说。

"贝尔塔（Berta）。"她说。

"C。"他说。

"克劳迪娅（Claudia）。"她说。

男孩仿佛出了神，用同样的速度，挠着同一个地方，同时背着字母表。而女孩恰恰相反，越来越烦躁。她扭动着身子，但没有把被男孩握着的那只手拿开。她让皮娜想起那些被小小的针钉在相框上的蝴蝶。他们说到"M"时，女孩的声音一下子高了起来："莫妮卡！"但她还是没有把手抽走。说到"P"时，她犹豫了，皮娜很想悄悄地把自己的名字告诉她，但又不敢。她怕只要她把名字告诉别人，对方就会用觉得好笑的眼神看着她。

"宝拉（Paula）！"女孩说。游戏继续着。

"Q。"

"奎尔塔（Queta）！"

"R。"

"罗西奥（Rocio）。"

"S。"

"萨维尔（Savior）。"

女孩的朋友皱了皱鼻子，压低声音问皮娜："萨维尔？救世主吗？[1]"

皮娜耸耸肩。男孩继续背字母表，挠女孩的手，尽量稳稳地抓住她。她都开始小跳起来。皮娜和她朋友站起来，走近去看她的手怎么样了：男孩指甲下面的那块，看着已经很红了。不是那种血红，但肯定有起荨麻疹那么红。

他们继续说男孩的名字：阿尔芒多、贝尔南多、卡劳迪奥、达米安、厄福雷恩、费尔南多。女孩哭了起来。她的朋友把手放在她肩膀上。

"走开！"女孩朝皮娜说。

皮娜回到长椅上。女孩说了这么多话，只有这句"走开"不是人名，而且居然是对皮娜说的，让她觉得自己很重要。她才发现那根香蕉还握在手里，把她的手指弄得黏黏的。她赶紧往灌木丛里一扔了事，没人注意到。

等说到"亨伯托"时，女孩的脖子已经歪向一边，闭上了眼睛。接着男孩说"I"，她的头突然又回正了。

---

1 Savior，有"救世主"之意。

193

"白痴[1]！"她说着就把手从男孩那里抽了出来。

她朋友吃吃地笑起来，但立刻又闭了嘴。女孩用左手握着右手，好像在看一个不属于自己的东西，好像不明白这是从哪儿来的。男孩的手指还伸在原来的位置上，但没东西可挠了。

"你没事吧？"朋友问道。

女孩用胳膊肘擦擦鼻涕。

"你差一点就成功了！"男孩子边说边隔着游泳裤的裤脚把指甲里的血给抠了出来。

燕子都喜欢在下午成群结队地飞。皮娜坐在躺椅上看着这些鸟儿。每天到了这个时候，空气里漂白粉的味道就没那么浓了，花香比较明显，那些花从树上垂下来，就像一只只张开的小手：紫黄色的。皮娜想象着自己完全长大以后，头发里插着那样的花儿。她想象着崇拜者们对她紧追不舍：男孩子们都长成了男人，为她争风吃醋，抢着要拿到她的花。今天是星期天，泳池里几乎没

1　"白痴"的英文"idiot"是以"i"开头的。

人。她爸爸在小屋里，妈妈去散步了。一群群燕子俯冲进主楼圆顶的烟囱里。皮娜数着鸟儿，觉得自己如果数到一百多，爸妈就继续在一起；要是没数到一百多，他们就会分开。

一个男孩从水里上岸，朝她走过来。皮娜以为他会像那个辫子女一样开始羞辱自己。她抬头看着天，但也能感觉到男孩在接近。

"嘿！"他说。皮娜马上就听出他的声音来了。

他这一喊，弄得她数乱了，她不想数乱。

"等等。"她对他说，数出声来，这样他就明白了。

"八四，八五……"

男孩转了个身，也看着燕子。他泳裤上的水滴到石板上，游泳池里鸟儿的倒影也变多了。

"安娜，贝尔塔，卡门，戴安娜，厄尔斯特，费尔南达，戈玛，海……海……海伦娜，艾尔玛，居里埃塔，卡拉，露丝，玛利亚，娜塔莉亚，奥马拉，皮娜，金塔纳……这是个名字啊！拉奎尔，索尼娅，塔尼亚，乌苏拉，维基，西蒙娜，尤兰达，扎木拉……我不管！阿尔蒙多，贝尔纳多，卡洛斯，多明戈，爱德华多，菲利克斯，杰拉尔多，霍拉西奥，伊拉里奥，雅各布，基科，路易斯，玛丽娜多，努……努……努内兹，哎哟！那啥，那谁，尼泊尔，诺尔伯托？我放弃！奥克塔维欧，佩德罗，奎兹特克，劳尔，索尔，弟托，尤瓦……优步……尤德尔，我不玩儿啦！"[1]

男孩擦着指甲，皮娜感谢了他。他们一起坐在长椅上。他拉过她的另一只手，她马上抽走了。她不想再玩了。男孩说他只是想牵她的手，不干别的。但她很清楚，这边的人啊，一个都不能信任。

"你知道宝宝是怎么来的吗？"她问他。

男孩站起来，消失在灌木后面，再也没回来。

这一整天皮娜一句谎话也没说，为什么还是感觉自己像个撒谎精呢？

---

1 所有名字的英文首字母都是按照字母顺序排列的，前面是女孩的名字，从"阿尔蒙多"开始是男孩名。其中"奎兹特克"是西方传说中的羽蛇神。

III

今天，从露丝走的那天算起，她就"三岁"了。妈妈稍微收拾了一下自己（她把头发披下来了），但情绪还是很糟糕。她把吐司烤煳了。我不小心把果汁洒到了地上，她用西班牙语说："真是好极了。"

她去刷牙的时候，抱怨说，爸爸刚刚刮胡子的时候，把水槽里弄得到处都是毛。爸爸和我互相嘀咕着："忍着，忍着。"等到妈妈终于带着怒气宣布，她不会跟我们一起走时，我俩应该都松了口气。爸爸还是试着说服她，但她坚决不动摇。

"今年我有替身了，"她对他说，然后又对着我说，"发现野草就马上拔掉，好吗？"

然后她拥抱我，她抱得很紧，仿佛想把她身体中的某种东西渗透到我体内，才好做她的替身。

"来嘛，"我的头被夹得紧紧的，闷声说，"一起去跟露丝打个招呼。"

但她一听到这个名字就像触了电一样。一瞬间，妈妈就松开了我，走到她房间里，又用头巾包好了头发。今天是一块黑色丝绸头巾，上面绣着银色的花。在她曾经的人生里，这块丝巾很特别，是专门披着去音乐会演出的。但悲剧会让物品失去光彩。自从露丝死了以后，家里好像没人再在乎穿着、家具什么的了，就连乐器好像也没那么重要了。只有一些很实用的乐器：大提琴、钢琴和定音鼓。它们也只是大家的"救生圈"而已。

我根本不知道，原来爸妈会趁我们去夏令营时做这件事。

"每年都会？"我问。

"每年都会，"爸爸说，"而且我们总是去那边的小花店买花。"

他停了车，给了我一些钱，我自己去买花。其实他们只来过两次，也不算多。但是，新的生活总让人感觉很苍老。我们养成了新的习惯。第一次没和露丝一起回家时，我以为看不到她在我们的房间里玩着安睡小熊，就再也无法走进房间里去。

但现在，她的床成了我的躺椅，安睡小熊被塞在某个地方的箱子里，我回家的时候，也从没想过她应该在这个房间里。想到她的时候，我通常都是在想象她活到现在会是什么样子：她该是八岁的小姑娘了。很快她就要穿那种少女胸罩；如果她在学校里来了第一次例假，就得我来跟她解释该怎么办。我会教她怎么把外套拴在腰上以防万一，也会告诉她，如果在短裤上看到深色的污渍，不要慌，冷静一点，来我教室找我。这个时候我们应该在同一所学校了。

"还有，露丝，"我会对她说，"你可不要听那些女孩子乱说什么用棉条就像做爱，因为她们才十一岁，都是些骗子。"

我发誓，我们班上真的有些女孩子，把学习用棉条说得好像开船跨越大西洋一样伟大。她们就缺来放个幻灯片了，就像艾玛从尼亚加拉瀑布回来以后给我们展示的那种。

小花店里那些花，都扎得像献给老太太的。献给死去的老太太，或者卖给那些觉得自己死去的亲朋好友特别俗气的老太太。我买了三支向日葵，付了钱，回到车上，突然想起一件非常基本的事情：露丝并没有埋在我们要去的地方。

"明年，"我一边系上安全带，一边对爸爸说，"我们就带咱们院子里的花。"

爸爸发动了车，纠正我的说法：

"咱们农地。"

接着他微笑着说了那个名字，也许是为了弥补妈妈之前的反应：

"露丝要是在，会很喜欢你的农地的。"

一座用水泥砌成的小小坟墓，和我的花槽没多大区别，只不过有个盖子。盖子上写着：露丝·佩雷兹-沃克尔，1995—2001。下面写着：备受心爱的女儿与妹妹。"备受心爱"，就像个命令。我一直在幻想着这个时刻，想着该和露丝说些什么。但在我的幻想中，天在下雨，露丝也能以某种方式听到我的话。现在，烈日当头，整个公墓中没有一处阴凉地。她已经死了，我对她没什么好说的。她被心爱过吗？她是我的妹妹。"碧娜。"她总这么叫皮娜。"姐娜。"她总这么叫我（是"姐姐"和"安娜"的混合体，不过不是她发明的：奥尔默和西奥在她之前就这么叫我了）。有一次，碧娜和我给她换了二十套衣服，还在她脸上化了妆：她任由我们摆弄。是啊，我想她是被心爱过的。她的死亡证明是在密歇根办的，"已故"。上面用大写字母写道。我讨厌这个词，听起来像生了病似的[1]，但生了病是可以治好的呀，而且，露丝可没有生病。她甚至知道怎么游泳。她肯定是被什么东西困住了，我们是这么想的。露丝已经被烧成灰撒进那个湖里了。当时我们火化了她，让她和外公一起安息，感觉是很合逻辑的做法。但现在我就有点不能理解了：我们干吗要把她留在那儿呢？我不知道弟弟们出去钓鱼

1　"已故"的英文是"deceased"，"生病"的英文是"diseased"，两者读音相近。

时，会不会想到她，不知道他们有没有什么想对她说的。

我把阿方那把大花剪也一起带来了，但一根野草也没发现。我用花剪修了三朵向日葵的长茎，然后摆在坟上调整位置，直到爸爸和我都觉得还不错。但我几乎马上又把它们给弄乱了。如果要说露丝最缺的品质，那就是整洁。爸爸也同意这一点。

"她很小很小的时候，"我提醒他，"她经常把宝宝吃的东西弄得到处都是。"

他笑了起来。

"有一次，"他补充说，"我还得把天花板上的糊糊给弄干净。在你们四个孩子里面，那还是第一次。那个女娃娃有双棒球手的胳膊啊。"

感觉就像有人伸手在我胸口打了一拳，于是，我眼里涌起泪水，但没有落下来。"那个女娃娃。"对，我们再也没这样喊过露丝了。这个称呼听起来有种什么感觉呢？是不尊重吗？不敢这么喊。

"你们这些屁孩子。"爸爸有时候会这么叫我的弟弟们。

"胆小猫！"我不愿意吃辣椒时，他会这么对我说。

死掉也有这个好处：再也没人敢骂你了，就算出于爱，也不敢。

走的时候我感觉挺好。有点悲伤，但也有趣，而且浑身清爽。唯一遗憾的是没有背景音乐。我叫爸爸唱个什么，真不知道为什么，他唱起了"女人善变无常，如羽毛飘风中；莫测的声腔，善变的思想"[1]，这是我们家的经典曲目，以前妈妈总在早上唱。

"现在我感觉想吃个比萨。"我对他说。他把手机递给了我。

我给妈妈打电话，她说想吃培根洋葱比萨，虽然她通常拒绝一切盒装食品。

开车去比萨店的路上，爸爸哭了。他哭得很节制，胸口没有起伏，也没有小声抽抽搭搭的，只是脸颊上滚了两行泪下来，就像我们家附近公园里那个人以前常画的那种画：他会跪在地上，用一个喷漆罐和一把绘画抹刀，一遍遍地画同一个场景，通常瞬间就画好了。他最喜欢画的就是一个小丑，脸上挂着一滴泪。现在我突然觉得，应该佩服他的，原来现实生活中的确有人是这么

---

1 歌曲《女人善变》中的一句，曲目来自威尔第创作的歌曲《弄臣》。

哭的，甚至就是我的自家人。这应该就是所谓的"启示"吧？反正有些人应该会这么说。

我们回到家时，妈妈已经不生气了。她变得忧伤又温柔：她吃了点比萨，说很好吃。之后，我们一起躺在沙发上，她抚摩着我的头。

"不该说今天是'纪念日'。"我说。

"你爸爸也总这么说。"她回答。

"我发明了一个词。"

"什么词？"

"哀伤灰。"

"玛丽娜的词。"

"对，我借用的。对了，你要跟她和好吗？"

"如果切拉和皮娜都和好了，我们为什么不呢，对吧？"

"这跟那个有什么关系？"

"你把野草拔了吗？"

"一点野草都没有。"

"嗯。肯定是因为里面没有埋遗体。"

"这跟那个有什么关系？"

"能给我拿条毯子来吗？"

我们第二次去园艺中心的时候，爸爸也跟着一起，监督我使用他投资的情况。但制订预算的是他，控制预算的最大天敌也是他。皮娜和我眼睁睁地看着他一次又一次成为导购的猎物，但我们什么也没说。我很高兴皮娜回来了，而且她看起来和我一样对我的植物感到激动兴奋。今天换了个导购：不是那个变态，而是个梳着脏辫的年轻人。他让我觉得有点别扭。我咬着腮帮子，然后强迫自己和他说话。

　　"我要在我的小院做氧气再生。"我告诉他。

　　"不错啊。"他说，眼睛盯着皮娜。

　　我们离开园艺中心时，买的东西多得过分了，爸爸决定去开车过来载。我们在门口等他时，一位女士朝我们走过来。

　　"这个多少钱？"她指着我们刚买的一盆圣女果问。

　　我还没来得及回答，皮娜就插话了。

　　"二百比索，夫人。来吧，尝一个。"

　　那位女士吃了一个番茄，买走了那盆植物。我好佩服皮娜，话都说不出来了。等到爸爸停好车打开后备厢时，皮娜已经回来了，她又买了一盆圣女果，兜里安安稳稳地装着八十比索的找零。她昨天就回来了，但还没跟我讲她妈妈的任何事情。她说等到照片洗出来再说。她去的时候带了那个旧的胶片机，但现在"切拉有个数码的"。她叫她妈妈"切拉"——我们大家都这么叫，搞得我挺忧伤的。我肯定是板起了脸，因为她马上就说："是她让我这么叫她的，我也觉得不错。"

"好吧，"我说，"好吧，不好意思。"

我们目前一共有两盆芦荟、一棵柠檬树、一株薰衣草和各种各样叫不出名字的多肉植物。今天这趟之后，我们又多了圣女果和两种高大的龟背竹，但不知道为什么，又有个绰号叫"骷髅"。龟背竹有巨大的深绿色叶子，叶片上有不规则的圆洞。我猜绰号就是这么来的：头骨上有两个眼窝洞。或者，原因比我推断的更微妙：逝者离去，也会留下一些空洞，是说不清道不明的东西。此外我们还买了几种好看的植物：其中一盆看起来像红色的卷心菜；其他的就全是绿色的了。我要把那些都种在离房子最近的花槽里，因为"脏辫男"说，它们都喜欢阴凉地。我已经给我的"农地角"（农地的面积被缩减了，现在只占了小小的一角）弄好了土，下周我们就去买草皮了。那个我也是非常期待的。根据我的理解，铺草皮就像铺地毯一样。

爸爸一走，院子里就只有我和皮娜了。皮娜趴在野餐桌上。她穿着一条很短很短的热裤，都能看到她的屁股墩从一侧挤出来，好像在微笑。我想起了去年暑假：我们坐在某个购物中心外面的长椅上，有个女孩走了过来，艾玛说："要是那条裙子她穿不下了，她就会自杀。"

"快看！"皮娜指着我两个星期前种的罗勒喊道。

上面开出一些小花。我喊着妈妈，她打开推拉门。她之前一直在客厅里练琴，眼睛红红的，带着不太明显的笑容，就像她对我们说抱歉的时候那样。

"你得把花摘了。"她用琴弓指着罗勒。

"为什么啊？"

"你要是不管，叶子就会掉下来，叶子是要拿来吃的。"

"为什么啊？"

"听我的话就行了，好吗？"她说着又把推拉门滑过去关上了。皮娜和我一朵接一朵地把小花扯掉。我突然想，要是早点知道，就可以带去公墓了。这想法挺傻的，这些花很小很小，但露丝也是啊，我是说，她很小。她以前总坐在我的膝上，抱着自己的腿，然后蜷成一个小球，好让我抱着她。

"挤呀！"她会说。

有时候我会害怕弄疼了她，或者挤坏了什么，而且总是在她希望的时间之前松开她。我们都是。我的弟弟们能坚持久一点，但也久不了多少。露丝总是希望我们挤的时候多使点劲儿。

"挤呀，挤呀，挤呀！"她哀求着爸爸。他就用一只胳膊挤她。

虽然很不愿意，但我总是情不自禁地想象着她躺在公墓中那个小棺材里的样子。但这想法也很傻，因为那个小棺材里什么也没有啊。把遗体带回墨西哥太贵了，而且流程很复杂。

"怎么啦？"我问盯着我的皮娜。

"你在哭啊？"她说。

"你傻啊？"我说。然后她闷闷不乐地走掉了。

这个女人真是美得有点荒谬。玛丽娜眼里的她就是这样：要加上"荒谬"这个状语。她大声喊着，盖过了雨滴噼里啪啦打在瓦屋顶上的声音：

"做了这种好事你会上天堂的，小姐！"

"谢谢。"玛丽娜说，因为她也想不出别的什么话。但她真正想的是，"她是个传福音的啊！"还有，"我真是个大白痴！"接着，她脑海里又响起哥哥的声音："你给一个素不相识、浑身湿透、可能还有危险的福音传道人开了门。"但她的目光定在她身上，根本挪不开。

"我是贝托和皮娜的朋友。"女人喊道，指着自己左边那栋房子，"你认识皮娜吗？她还住这儿吗？"

玛丽娜松了口气。她认识皮娜。她是琳达孩子的小伙伴。是的，她和她父亲一起住在"酸之家"。

"他们不在吗？"玛丽娜喊道。

"我能进来待一会儿吗？"女人喊道。

玛丽娜想的是"不行"，但开口却说："当然可以。"

她们朝她家跑过去。玛丽娜把门猛地一拉开，又重重地关上。暴风雨中，门关上的巨响都听不到了。她的脚湿透了。大雨一落下来，小院那该死的排水沟就堵了。她把人字拖踢掉，左右脚分别在大腿上擦着，想把双脚弄干。

女人从那个黑色垃圾袋下面钻出来，她检查了一下袋子，好像在确定里面没有留下任何贵重物品，然后又打开门，把袋子扔在过道上。这行为让玛丽娜有点惊讶，甚至可能还有点烦躁，但她也说不清楚。这女人走的时候是要把这袋子一起带走，还是说就留在那儿做个纪念？这袋子会缠在她的花盆中，还是朝那个钟漂过去，甚至漂到房东的门阶前？女人又把门关上了，玛丽娜自顾自地想，就算是在最温和无雨的日子里，她也不会听到这次关门的声音。这女人的一举一动实在太优雅了，一点响动也没有。而且，之前她一直缩在垃圾袋下面，现在玛丽娜终于能欣赏到她美丽挺拔的身姿了。她内心又涌起一股恐惧，但这次要平静些，可能也被好奇心抵消了一点：这股恐惧的声音不怎么像哥哥的责备，而更像某个邻居收音机里似有若无的电波声。"她不是传福音的，"那个电台主持人在说，"有可能是个惯犯吧？可能隶属于某个经验丰富的绑架团伙？"

女人揉了揉胳膊，甩甩头，露出浓密的黑发。接着她不慌不忙地舒展了一下身体，然后深呼吸了一下，又恢复了平时的样子。她个子矮矮的，但因为身姿高贵且骄傲挺拔而显得很高。这个女人只是站在那儿，就完全占据了那片空间。她浑身湿透，滴着水。玛丽娜指着门口的一把破椅子说："请坐，女士。"但这女人没有坐下。她把外套挂在椅背上，是一件有点大的牛仔外套。

"你真是太好了。"女人一边说，一边解下围巾。那是一条薄薄的扎染围巾，显得她既年轻又成熟。

"请进，女士。"玛丽娜说。

"哎呀，咱们就别客套啦。"女人说着用围巾去擦头发。

"这边来。"玛丽娜指着客厅的方向，"我给你找块毛巾。"

上次玛丽娜和爸爸通电话时，他特别突然地说："你已经不是个小女孩了，杜尔塞·玛丽娜。"她觉得爸爸是个强盗，因为她从十二岁左右开始就一直这么跟他说啊！现在他居然想说是自己发现了这个事实，不但从玛丽娜那里把功劳抢去，而且还狡猾地用她的全名，腻歪地叫她（小甜心玛丽娜，好恶心），根本就是糖衣炮弹。无论是他，还是联邦选举研究所，都没用过这个名字。她当时感觉自己就像一起邮政犯罪的受害者，好像他偷走了自己盼望已久的一封来信。她从内心深处感到一股怒气，但她只对他说了几个字："爸，我知道。"

他就继续说：

"你妈在你这么大的时候，都生了第一个孩子了。"

"这个我也知道。"

挂了电话以后，玛丽娜又涌起一股非常纯粹、干净的怒气，嗯，是很健康的情绪。但现在，她在浴室里寻找着最干净的毛巾，那股怒气的味道又回来了。她真的很不喜欢那女人说"咱们就别客套了"时的口气，仿佛她是主人，玛丽娜才是那个不速之客。玛丽娜从镜子里观察了自己几秒钟，就是短短几秒，但也够她尴尬的了，觉得自己怎么看了这么久。毕竟，她自己才是主人啊。她抓起那条绿色毛巾，就是她用得最少的那条，然后往回走。

她发现女人坐在黄色沙发上。她没有靠在上面，而是坐在边缘，坐得很直，但又不紧张。其实恰恰相反：她看上去很放松随意的样子。（芳醇黄）玛丽娜又烦躁起来。这个女人在她家怎么待得这么舒服，好像她俩提前约好了；好像她是个社工，被派来检查玛丽娜每日是否在按照推荐的卡路里数摄入热量。玛丽娜根本不知道如何在全身不僵硬的情况下挺直腰板。按常规来说，她反感那些身姿很好的人。

女人指着与"解忧白"那面墙相对的墙。

"瓦加斯医生怎么在这儿啊？"

玛丽娜畏缩了一下。她过了一会儿才消化掉这个事实，女人认识她的邻居们。

"她丈夫请我帮她画一幅肖像，"她回答，"但画完了之后，他又不愿意把它挂在自己家里。他倒是给了我钱的，只是把画又还了回来。"

"也许他是不喜欢。"

"也许吧。"

"我不是说画得丑。"

"是他让我这样画的。就是按照华金·索罗拉的那种风格。"

"他们总有那么点做作。"

"我给你泡杯咖啡吧？"

"你有茶吗？"

"有洋甘菊。"

"那就来一点吧。"

恶心，玛丽娜烧上水时心里想道。她真是完全不喜欢这女人的回答，好像是她受了委屈在让步一样。她也不喜欢她问都不问一声就把电视关上了，更不喜欢她听说玛丽娜是个画家，人们会付钱让她画肖像画这样的消息时，一点也不觉得惊讶。琳达第一次看到玛丽娜的肖像画时，都喊起来了："太棒啦！"

　　玛丽娜已经不怕了。她很生气，而且越来越生气。她生自己的气，或者生那个女人的气，或者觉得自己居然花了整整二十年，才对父亲有那么一点愠怒，结果和这个陌生人待了两分钟就生气了，这个事实也让她生气。一切都不对，都出问题了。

　　她一喝完茶，我就让她出去。玛丽娜心想，但她又一边打开收音机，调到一个爵士电台，好像在准备和朋友过一个慵懒悠长的夜晚。她没有等到水烧开，水面刚开始冒小泡泡，她就把水倒进两个马克杯里，把琳达来上课时留下的茶包放了两个进去，然后端着茶回到客厅。她坐在女人身边，递给她一杯。

　　"你搜集靠垫啊？"女人问道，"很漂亮哦。"

　　"谢谢。"玛丽娜说，低头看着自己的那杯茶，用嘴吹着。接着，她发现自己搞错了，来了句："不是洋甘菊。"

　　"马黛茶。"女人读着茶包上的标签，"还真是好久不见，"她说，"我从离开巴塔哥尼亚[1]之后就再没喝过这种茶了。"

"啊。"玛丽娜一边小口啜饮着自己的茶，一边看着女人的双脚。她穿着带跟系带拷花皮鞋，鞋头非常尖，也很怪异。不可能是在这儿买的。也有可能是在这儿买的，但绝不是十年内的款式。

"你是墨西哥人吗？"玛丽娜问。

"土生土长的。"女人回答，接着又说，"我叫伊莎贝尔，叫我切拉就好了。"

她们先从巴塔哥尼亚聊起，然后聊到大麻，巧的是，切拉身上刚好带着。她把大麻给了玛丽娜，感谢她在自己等朋友的时候招待她。她递大麻过来的时候微微行了个屈膝礼，玛丽娜接了过来，耸了耸肩。

"责任绿。"她心想。出于责任的绿色。

但抽了大麻之后，玛丽娜的心胸就敞开了，开始了滔滔不绝的独白，聊起艺术为市场服务引发的一切问题，

---

1 南美洲地貌独特的地区，跨阿根廷和智利两个国家。

以及她正在攻读的设计学位有多么糟糕；还有吉娃娃的所有问题，他有什么不对头，可怜啊，可怜的吉娃娃啊：被边境思维洗了脑。切拉听着她的倾诉，不时说一句："你把自己从边境拯救出来了。你真是逃过了一大劫，我的朋友。"

玛丽娜觉得自己聊得太多了，但还是感谢了切拉。她很多年都没这么说过话了，真正地自由放松，真正地没有限制，听的人也不会按照小时收费，而且会告诉玛丽娜她是对的，（你说得对！）因为她真心觉得她对。说不定到最后这个不速之客比所有药片、治疗和祷告加起来的效果都要好。玛丽娜想象自己把大麻递给治疗师先生：他接过来，吸了一口，一边让烟雾留在肺里不吐出来，一边说："玛丽娜，大麻明白的事情，身体不明白。"

回到现实，切拉正在跟她讲过去几个月来自己的一段露水情缘，对方是个瑞士男人，做爱的时候从来不射，因为他很信奉密宗。玛丽娜觉得这没什么不好。

"男人都射得太快。"她说。

"我明白，"切拉说，"但是如果他们忍着的话，也不好。他们会情绪低落。感觉就好像帕特里克没有射出来的所有精子，都变成了怒气。"

玛丽娜也不知道该怎么回答。

"喝不喝啤酒？"她说。

"不喝白不喝呀。"切拉说。

她们一起往厨房走去，但切拉在走进去的那一刻就站定了。她伸手捂住嘴，看着纱门，眼眶泛泪。玛丽娜不知道怎么了。

"怎么啦？"她问道。

"没什么。"切拉回答，迅速地调整好了表情。玛丽娜说服自己，这应该是大麻引起的幻觉。切拉轻松自在地到处开着抽屉，直到找到开瓶器；不过她在这个家里的那种随意已经不再让玛丽娜觉得反感了。玛丽娜发现，自己开始欣赏她了。啊！做这样一个女人是什么感觉呀！这个人能让任何旧的地方焕然一新，而且能马上从容地安顿下来。

回到客厅，切拉打开一大瓶啤酒，倒进两个一次性杯子，边倒边斜着杯身，好把握倒酒的量。她递了一杯给玛丽娜，两人来了个塑料与塑料的无声碰杯，很有反高潮的意味。切拉把她的那杯放在地上，举起胳膊说：

"坦白。"

"我都跟你说了那么多了！"玛丽娜说。

"不是，我要坦白。"切拉说。

"哦。"

"我骗了你。我不是他们的朋友。我以前住在'酸之家'。我们家的厨房跟你家的一样。"

玛丽娜挑起眉毛。够了。她能感觉到，和切拉待了几个小时后，自己的身体都开始自然而然地模仿她的举手投足。也可能是一点也不自然？她自我怀疑起来，接着问切拉："你说什么？"

"我是皮娜的妈妈，我不敢敲门。"

"为什么？"

"因为我三年没见她了。"

"你的意思是，他们在家？"玛丽娜压低了声音问，好像怕过道那头的他们听到自己的声音。

"可能在。"

"伊莎贝尔！你应该现在就去啊！"

"现在我已经晕啦。还有，请叫我切拉。我妈妈才是伊莎贝尔。"

"你为什么不敲门？"

切拉站起来，走了几步，坐在地上，张开双腿。她的腿短短的，看上去很强壮。她把手肘靠在双腿之间形成的三角上，垂下手臂，手掌张开撑着地，她的手指分得很开，指缝之间露出凸起的地毯。

"我不知道，"她说，"我怕。"

玛丽娜很想给她来个调查审问。她是怕贝托吗？孩子的监护权在他手里？她来这里是违法的吗？但她情愿只是挑起眉毛，情愿继续聊吉娃娃。刚才切拉脱了鞋子，现在玛丽娜正端详着她瘦得皮包骨的双脚，这也许是她浑身上下唯一不完美的地方。不过她还是很想看看这双脚不穿袜子的样子：是不是跟她的手臂一样是棕色的，涂没涂指甲油？

"这些小盒子是什么？"切拉问。

"灯泡。"

"怎么这么多？"

"因为我每天都要换。"

"为什么？"

"这就说来话长了。"

切拉不提了。她用双手分别握住两脚上的大脚趾，把胸口贴向地板。她的腿还是张得和之前一样大，但现在她的整个身体都和地毯平行了。她把头侧向一边，脸颊也靠在地上。她会不会就这么睡着了？玛丽娜看着散落在地上的盒子，又看了看墙上的"解忧白"，想起自己各种各样的美好愿望。她看了眼手机上的时间，外面没下雨了，她想着应该告诉这位客人时候不早了，她得走了，因为明天刚好是玛丽娜新生活的开端：她要开始有规律的健康生活，把生命奉献给艺术和幸福，所以她必须早起。但另外，她又不想这位客人离开。玛丽娜知道，自己手上拿着手机，只要切拉一走，她就会打给吉娃娃——她不想一个人睡觉。切拉不走的话最好。那就该他打来了。

"你身体好灵活啊，做瑜伽吗？"玛丽娜问道。

"我在我们那片海滩上教普拉提，户外的。"

玛丽娜坐在那儿思考了一阵，然后问道："你知道毁坏圣像之争吗？"

切拉的脸颊仍靠在地毯上，她噘了噘嘴，好像在思考这个问题。

"什么之争?"良久,她才问道。

"毁坏圣像。"玛丽娜解释道,"护卫圣像派赞成教堂里放圣像,圣像破坏派反对。两派激烈斗争。最后显然是护卫圣像派赢了。所以现在到处都是耶稣受难像。哦,反正我想说的是,那天,我看了个普拉提的视频,突然想到,如果普拉提老师说摆出'祈祷之手',而你知道是什么意思,那还要多亏了护卫圣像派呢。"

"我不会叫我学生做那个。"

"哦。"

"但很有趣哦,你是从哪儿知道这个的?"

"大学。我修了艺术史。我只喜欢这一门课。"

切拉抬起身体,与地面呈四十五度角,手肘放回到地毯上,用手撑着下巴。然后她双手捂住脸说:"我连高中都没上完。"接着她大张着嘴巴,手指从脸上滑落,很使劲地往下拉自己的脸颊,就像爱德华·蒙克那幅《呐喊》。玛丽娜笑起来。

切拉问:"你要不要再多教教我这个没文化的小女孩?"

"修行者西米昂,听说过吗?"

"从来没有。"

"他是公元五世纪的亚述僧侣，每天只吃一顿饭，站二十个小时，在一根十八米高的石柱顶端行屈膝礼。"

"为什么啊？"切拉边问边坐起来。

"我的老师说，这个人才是真正的行为艺术之父。"

"我有个朋友就是搞行为艺术的。她很有名。因为'9·11'之后她在纽约的一个地铁站待了几天，一直用扩音器小声说：'请不要绝望'。"

"我在上英语课，这个说过了吗？"

切拉站起来。她用一条腿从膝盖处缠住另一条腿，双手合十，做出祈祷的姿势。每条腿她都下蹲了三次。玛丽娜笑了。切拉保持着同样的姿势朝她慢慢跳过来，然后一头栽在沙发上。

"我饿了。"她说。

西米昂的故事让玛丽娜觉得自己的进食问题（浪费食物的坏习惯）好像也没什么大不了的。但她没告诉切拉，也没说出自己的想法："你呢，玛丽娜？你饿吗？不知道。我今天都吃了什么啊？燕麦——养乐多——二十五个爆米花——啤酒。"

切拉拿起爆米花碗。几个小时前她已经把最后几个就着茶吃了。她把剩下的硬壳挑出来，一个接一个地咬着，像一只泰然自若的老鼠。她的背还是挺得很直，用另一只手掬着那些硬壳。

"你还有别的孩子吗？"玛丽娜问。

切拉说没有，把硬壳给扔回去（嗒，嗒，嗒，它们又噼里啪啦地回到了碗里）。

"我出现之前，你已经吃过晚饭了吗？"她问。

"你跟皮娜长得不像。"玛丽娜说。

切拉出了口气，有点恼怒。

"皮娜像亚洲人。"玛丽娜继续说。

"是因为贝托。这不是一眼就能看出来的吗？"

"是，他俩都像亚洲人，为什么？"

"贝托的妈妈是日本人，所以他才长得那么方方正正的。我们能不能吃点东西啊？求你啦，求你啦，求你啦。我来做。我厨艺很棒的。"

"我家里什么东西都没有。"

"不可能。"

她们穿着袜子走到厨房里。切拉把储物柜和冰箱翻了个底朝天，说她要做点可丽饼。

"你，坐下。"她说。玛丽娜坐在早餐吧台边，每当吉娃娃准备吵架的时候，她就会一屁股坐在那里。嗯，他准备的其实是吃的，但玛丽娜吃不下的时候，就会变成吵架。

玛丽娜感觉自己眼前正在上映一场电影，而且是按照她喜欢的方式在放：静了音。她看着切拉把头发绾起来，搓搓手，在这个空间里自如来往，找出糖、面粉和牛奶（那时候玛丽娜买了很多原材料，之后动也没动一下，就像有人买香水只是为了瓶子好看）。接着，她突然没头没脑地问出那个一直想问的问题：切拉认识琳达吗？

"当然认识，"切拉说，"我们大家搬过来之前，琳达和她老公就认识我老公了，在交响乐团认识的。"

玛丽娜吃了一惊。

"他也是个音乐家呀？"

切拉皱皱眉头。

"不是，贝托是当官的。"

玛丽娜没怎么说话，但这和她想象的一模一样。她也没说自己觉得贝托还蛮有味道的，有那种属于忧伤男人的独特吸引力。

"文化官员，"切拉继续说，"这个国家有一群这样的官。你会听到他空闲的时候弹弹吉他，但骨子里却是那种银行家。他是个好爸爸，这个我是承认的。但他当老公就跟暴君一样，不是说他暴力，恰恰相反：总是软趴趴的很冷淡。我认识的女人里面，只有我一个人是因为无聊，才觉得婚姻有危机而提出离婚的。其实，我们一直没去办离婚，至少据我所知是没有。这事你听说过吗？"

玛丽娜笑起来。

"你为什么不敲琳达的门啊？"她问。

切拉看着她，好像没听清她的话，从生理角度来说，这不可能。玛丽娜暗暗在心里记下了，以后要试试这一招：有人问了她不愿意回答的问题，她就盯着对方，仿佛在等着对方开口说话似的。

切拉把面粉筛了一遍，在沙拉碗里堆成小山，伸出手指在山顶挖了个火山口。她往这个"迷你火山"上打了个鸡蛋，又放了点糖，用叉子把材料全部搅匀。接着，她又在微波炉里融化了些黄油，在这个过程中宣称，如果按法国的标准，这就是"作弊"。她不断地搅啊搅啊，然后拿一块洗碗布盖住碗里的糊糊。

"必须静置几分钟。"切拉说着打开冰箱。她的动作一点也不拖泥带水，很迅速干脆地从里面拿出发霉的胡萝卜，扔进垃圾桶。她又往塑料杯里加了茶，站在纱门边，望着外面的水箱。玛丽娜还坐在早餐吧台前。

"我敲不下去。我觉得琳达可能很恨我。维克多是不会的，但她可能会。她太偏执了，太激烈了。而且，她能带四个孩子，我却连一个都应付不过来。说实话，我觉得她可能都不会让我进这个小院。"

切拉看着玛丽娜映在门上的影子，举起杯子说："谢谢你让我进来。"

接着她转过身，开了灶上的火。

玛丽娜仔细一想，皮娜也是美得有点荒谬。是那种梦一般的美，一双杏色的眼睛深邃得像佛祖，修长的鼻子是那么完美。她居然能呼吸，真是个奇迹。玛丽娜告诉自己，不应该这么想，毕竟那个小女孩被淹死的事情并没有过去很久。每当皮娜不告而来，玛丽娜都不太高兴，因为佩雷兹－沃克尔家是按照小时付钱，不按孩子人头算。而且，她一出现，本来建立好的秩序就被打破了，一般井水不犯河水的安娜和西奥，突然就会发起疯来，要在这位客人面前拼个你死我活。琳达雇玛丽娜来看孩子时告诉她，她是孩子们生命中第一个保姆。这可是四个孩子啊！玛丽娜完全想不通，她怎么能在照顾他们的时候还能吹笛子，或者拉大提琴，反正就是她演奏的乐器，她这个女人一人能顶一支乐队。她一直把琳达如美丽雕像般放在心中的基座上，现在这基座似乎有些遥不可及，而且也陈旧过时了。琳达真的不会让切拉进门吗？玛丽娜一开始觉得她做得出来，接着又觉得她做不出来：她也不知道该怎么想了。要是琳达知道玛丽娜接待了切拉，会不会很生气啊？她一直很执念地拿自己和这个女人相比，一想到有违逆她的可能，玛丽娜就感到某种愉悦。下次上课，她要告诉琳达，她跟她的老朋友切拉一起抽得晕晕乎乎的。咱们看看她会作何反应。

"第一个一般都做不好。"切拉一边说，一边在煎锅里翻转着那个完美的圆形面糊，是那种带着点杂质的白色。

"你是怎么学会做可丽饼的？"

"我在伯利兹[1]一家酒店偷的师。很疯狂，是吧？这周围的人肯定都是这么议论我的，是吧？失踪，不负责任，特别糟糕的母亲。"

玛丽娜想告诉她真相，说其实他们从来没提过她一句。但她不知道该怎么用比较柔和委婉的方式捅破这个事实。她站起来，打开通往后院的门。黄油的味道让她有点眩晕。切拉用硅胶刮刀把面糊抹匀，刮刀还是玛丽娜打折的时候买的，她从来没用过。玛丽娜站在旁边观摩，尽量不显露自己的如痴如醉。她用双手握住啤酒，仿佛那是一杯热巧克力，同时心里默默进行着比较。她能不能像这个女人一样呢？与男人做情人，烹饪美食，热爱自由？她以后能这么轻松自如地烹饪吗？能这么轻松自如地做爱吗？

一个健全的女人，一个完全的女人，事事在行。玛丽娜心想。

而切拉仿佛凭直觉感应到玛丽娜脑子里的一些想法，开口道："今年我就四十岁了。"

---

1 拉丁美洲的一个国家。

这话是什么意思？四十岁很老吗？玛丽娜算了算。这个女人，比她更有女人味儿；她和她妈妈的年龄差，比和她自己的年龄差要小。

"皮娜多大？"

"她明天满十二岁，"切拉说，"所以……"

她没说完，玛丽娜也没再追问打探。可丽饼的表面上有一个个小火山在爆发。切拉把饼翻了个面。现在向上的这一面有点像颗行星：一圈圈同心圆组成特别的图案，有各种不同的颜色，有的部分可能比别的部分多煎或者少煎了那么千分之一秒。玛丽娜决定改变一下谈话的氛围，她一点也不想掺和进切拉的狗血剧情中。

"看着就像树的年轮。"她说。

"从她九岁起，我就没见过她了。"切拉说着把可丽饼铲进盘子里。现在朝上的这面灰白灰白的，像个敷着面糊的宝宝。上面没有年轮，也没有任何能让人联想起宇宙的东西，只有一些小火山爆发后留下的火山口，让人莫名不安。切拉又开始烤新的可丽饼。

"皮娜吗？"玛丽娜问了个很蠢的问题。

切拉点点头，双眼盯着煎锅。每当面糊的边缘发硬了，她就用刮刀压一下，面糊就扩散开来，直到也被煎得不再流动。煎之前那个时，她可没有这么神经过敏，高度警惕。

"你知道我为什么给她取那个名字吗？"切拉问，"是因为皮娜·鲍什。你知道皮娜·鲍什是谁吗？她是个非常非常重要的编舞，是个天才，是……"

切拉慢慢收了声，认真地握着刮刀，就像打电动游戏的小孩。她的眼睛能在瞬间捕捉到快要发硬的边缘，而且她也不眨眼，这样从眼中掉出的泪水好像跟她以及她说的话一点关系也没有。玛丽娜去过维拉克鲁斯[1]的一个水上公园，里面有台造浪机，会往外喷水。看着切拉的脸，她就想起那台机器。切拉用刮刀翻了下可丽饼，全毁了，上面的年轮也被打乱了。

"我有一年半没见过我爸爸了。"玛丽娜说。

她也不太确定自己为什么说这个，也许是为了分散切拉的注意力，也许只是因为她想要像她那样说话：哭得悄无声息，没什么大动静；能在眼泪与笑声中说："我

---

1 墨西哥的一座城市。

爸爸能做特别完美的俱乐部三明治，吹巨大的肥皂泡；也会喝太多酒，对所有人都一顿拳打脚踢。嗯，所有人，除了我。他也不是每晚都喝多，就像做俱乐部三明治一样：时不时地来一下。有时候她会打破东西：我妈妈的牙齿、我哥哥的肋骨。"玛丽娜还想加一句，"我呢，就像个白痴一样，从来没法生他的气。"但她其实只说了一句，"芭蕾编舞？"

"鲍什？现代。现代舞。你知道什么是现代舞吧？"

"算是知道吧。你也是舞者，对吧？"

"再也不是了。"

"为什么，有一天你说够了，受不了了吗？"

"不是的。我在马尊特[1]找不到什么现代感。"

1　Mazunte，墨西哥太平洋沿岸的一个小海滩，即前文皮娜和安娜总是搞错名字的那个海滩。

　　1982年，我还在养骑车出事受的伤，诺莉亚养成了一个习惯，一到上班的地方就给我打电话。我们彼此在电话里其实没什么好说的，因为刚刚一起吃过早饭，于是她就给我报告从我们家到医院路上遇到的交通状况；她自以为在很好地模仿体育评论员的声音，但其实只搞得自己像个聊闲天的"大嘴巴"。

　　"他从右边超了我！"她会说。或者，"我看到一个人被车撞了，就在教堂门外。真是世风日下，没有道德了！"

将近二十年之后，她开始化疗，而我就承担起责任，向她报告我每天往来于家和研究院或者家和市场之间，在公交车的窗边看到的交通状况。但无一例外都讲得很无聊，根本就没认真观察，而且还是半真半假的，最后，诺莉亚判定，我不是当司机的料，不够敏锐，所以最好还是跟她讲讲公交车上遇到的乘客吧。那样就有趣多了。我总觉得，我没有学开车，也就不会遇到很多"蛋疼"的事情。要是我开车，随便谁超车都没关系，左边超，右边超，中间超，都行。天哪，如果我朝超车的人平静地挥手，那我老婆会被搞疯的！

　　再说回1982年。诺莉亚报告完最新的交通状况后，我俩就挂了电话，我就开始在床上画画。医院给我的休养康复指导手册实在太无聊了，根本看不下去，所以我就直接问我的值夜护士，即我老婆，她就把手册的主旨概括给我：禁止工作。所以，康复期我就一直在画画，这是我小时候的爱好，而成年以后一直拖延着没去做。我很快发现，只要手里拿着铅笔，我就会开始画房子，或者说是设计房子。那几个月，我被困在自己童年、青春期和成年时期一直住的房子里（基本上也就是我现在写下这些东西的地方），笃定地认为自己本可以成为一个建筑师。建筑师有艺术家的敏感，带着一点哲学家的严肃，并且适度讲究投机，甚至也在基础性、结构性的层面带着一种科学家的严苛（这样他们设计的房子才不会倒塌）。但比这些都重要（同时也与人类学家形成鲜明对比）的是，建筑师的工作是有实际意义的。

鲜味始于口中，从舌头正中生发，激活唾液的分泌。你的白齿会被唤醒，感觉到咬合的冲动，迫不及待地想要行动。其实，除了没那么强有力之外，这种冲动和你做爱时臀部几乎是自发晃动的本能没什么不同。在那样的时刻，你只会服从自己的身体。身体本身就明白该做什么。大吃大嚼令人愉悦，而鲜味就是这种耐人咀嚼的东西。"耐人咀嚼"，不是什么常规词，但我不喜欢用"可咀嚼"这个词。"可咀嚼"是用来形容维C药片的。我觉得"耐人咀嚼"要特别很多，更像一种享受，更有罪恶的快感。或者，用阿加莎·克里斯蒂的话说："可口。"

菜谱中会用"丰富"（rich）这个词形容鲜味。我喜欢"丰富"，但是翻译到西班牙语时却找不到很合适的词。因为英语的"rich"还有复杂、充足、满足等隐含意义，而西班牙语的"rico"只是好吃而已。

如果我们深挖一下相关的起源，也许鲜味根本不是始于口中的，而是那种第一眼见到就渴望的感觉。

我翻出一封信，那是 1983 年 7 月 21 日，我从马德里写给诺莉亚的。

亲爱的，我只想说一句：我真棒！我交了个朋友！他是个哲学家。那天他和我同一时间离开图书馆。我还没反应过来，他就已经过街来到我这边，我们就一直那样走了二十分钟，到了同一个街区。我们都怀疑对方在跟踪自己。当然，后来聊起这事儿时，我们都哈哈大笑起来：原来我们是邻居。他是西班牙人，叫胡安（他们都叫胡安吧？）。最棒的是，他和我一样孤身一人在这边，因为他之前长期"流放"墨西哥，不久前才回来。我们养成了个习惯，在全城开始热闹起来的时候，去喝上一杯，或者四杯。昨天我问他，想买泳裤应该去哪儿，因为我想好好利用那些无聊的时光（没有和你在一起的时光！）学学游泳。挺不错的，对吧？要是我真的学了，等我回来，咱们就去阿卡尔普尔科。就算我没学，咱们也去。我对大海的渴望是前所未有地强烈。是因为马德里太热了（而且干得不能再干）。我真是被KO了。好了，不管怎么说，我的诺莉亚，我想说的重点是，我问泳裤的事，胡安是这么回答的："马德里的人喜欢抛出一个终极本体论证明，通常是这样说的：'如果那东西存在的话，你就会在克尔特英格莱斯[1]找到。'"

我一直很感激诺莉亚没有在家里堆满那种心脏病学用具。出于某种很自我中心主义的语言学回溯行为，墨西哥的"curer"（医疗从业者）这个词来源于拉丁语的"cura"，所以这帮人好像觉得自己也得担任起"策展"（curating）的重任。我们认识的医生里，十个有九个都会不断地、永久地在办公室里办一模一样的展览："墨西哥镇纸——回顾展"。

---

1 Corte Inglés，一家连锁购物中心。

开会登记时，发给与会者一个镇纸，感觉挺有格调的。这些镇纸千姿百态，大小不一：玻璃镇纸（通常都是金字塔形状）、铜镇纸（突出了巴希奥风格的装饰图案）、硬塑料镇纸（看上去像一片药丸）、海绵橡胶镇纸（通常都会有一些解剖学上的图形：一颗心脏，各种细纹路都标得清清楚楚，巢房下面用荧光字体写着某种药的名字）、石头镇纸、黄铜镇纸、铝质镇纸。这些镇纸一般都无纸可"镇"，因为就连医生也得与时俱进，启用电脑了。在这些"展品"之间，我们又发现一些说明性的"展览文案"，印有文案的分别是学位证书、狗和小孩的照片、"甲壳虫"乐队的颂歌、墨西哥的旗帜，以及病人的礼物，这些病人都走到过"那条隧道"的尽头，看到过那道光，接着又被带了回来，变得特别坦荡宽宏（他们送了金属质地的骑士雕像，还有那种上了漆的石膏圣人雕像）。有位最近康复的病人给了诺莉亚一个心形的金质护身符。她拿去熔化了，打成了耳环。说实话，说到"策展"这块，我们也没那么无辜：我们自己也收集过很多充满迷信色彩的小东西，不过那是"生育之年"的事了。

我想这些，想着医生咨询室里那些装饰的审美品位，是因为我这整整一个星期都在看医生。唉，有什么好说的呢？去医院的感觉已经是今非昔比了。首先，照顾我的不是朋友们，而可能是他们的孩子。他们尊重我，因为知道我死去的老婆是谁，但我打心底里对他们尊重不起来，因为他们看起来没一个是毛长全了的，还不到刮胡子的年纪，更别说为我治疗了。今非昔比的还有，过去到医院意味着可以不去研究所：休假一天。今非昔比的还有，过去我从医院走出来的时候，总会自我感觉良好，甚至有点膨胀（医生们会把我比作最富有男子气概的动植物：公牛！橡树！）。现在我离开的时候，总是稀里糊涂，害怕我被敷衍蒙蔽了，就像和管道工谈话后的那种感觉。什么动物、植物的都没有：对方就是用最机械的术语告诉我，这条那条管道被堵住了。

今非昔比的还有，过去看完医生后，我就会去心脏科，坐在我老婆那个小小的候诊室，让她上班的时候心情好一点。当然先要逗得她哈哈大笑，但也会惊叹她的另一种人格，工作中的诺莉亚像换了一个人。我当然也是，不过，在这个诊室，她的对比比在任何地方都要强烈些，穿着医生的白大褂，这里毫无疑问只属于她，她完全超越了我，和我们在一起时的那个人完全不同。如果用动植物来比喻，她就是一种"自养生物"[1]。

凤尾鱼、番茄、帕尔马干酪，这些食材中都含有谷氨酸盐，也就是说，它们有"鲜味"。同样，还有鸡肉、牛肉、伍斯特郡酱、昆布海菜，我们在英国吃的某种可怕的酵母酱，叫什么马麦酱（我很不爱吃，诺莉亚很爱吃），还有蘑菇，以及我们的结婚戒指，虽然只是在里面一圈刻上了"鲜味"（一个是我的，戴在我的手指上；另一个是诺莉亚的，用一根绣线挂在我脖子上；线是那天在芥末屋琳达从针线包拿了给我的）。现在我学着琳达的样子来"戴"戒指：变成项链。两个都是金戒指，因为我们骨子里还是很传统的。戒指的内圈上刻着字：鲜味，5-5-1974。

我们在莫雷利亚结的婚，我家的人很少，瓦加斯家的各种表亲就像一支军队。他们送给我们餐具、花瓶，还有一只德国牧羊犬。当时有个侄子最先说："给我

1　"自养生物"是生态学术语，也称"独立营养生物"，与"异养生物"相对，指的是靠无机物提供营养生活和繁殖的生物。

吧！"我们就把这条狗给了他。他们还拍了无数的照片，我们都保存在一个箱子里。这些照片都可以作为彩色幻灯片。我们结婚十周年（又或许是二十周年）纪念日的时候，我们把它们投影到一面墙上，而朋友们就在家里走来走去，喝着马提尼。

我们婚礼那天，诺莉亚在头发中插了洁白的花，但婚纱却是粉色的，搞得她那些七大姑八大姨都对此发表了意见。我预见到她们会很不满，于是穿了一身白色的西装，权当补救。但她们对这个也不认同。西装裤是喇叭裤。我的胡子浓密得鸟都能做窝了。20世纪70年代的我们品位可真差啊，穿着这些衣服的时候竟然还觉得没什么。要是现在把那些幻灯片拿出来，我肯定也会被七大姑八大姨的穿着震惊。

我们还想过在结婚戒指上刻上"鲣鱼"，再加上日期。我们想到这个，是因为人们是在成群结队的鲣鱼中第一次提取出了谷氨酸钠，"咸鲜味"就是由这种物质组成的。而且，这个词也能完美概括我们的关系：鲣鱼，很可爱，很美。但最后我们放弃了这个想法，选择了"不那么做作"的"鲜味"。好好想想，你会明白的。

诺莉亚很喜欢粉色，不仅婚纱是粉色的，便服也几乎都是粉色的（"姑娘们"来的时候也都穿的粉色）。粉鞋、粉裙，甚至还有个粉包，是那种丑得吓人的"芭比粉"——人文学女们无法容忍的那种粉。她们已经过了那个年龄了。就算人文学女们要穿粉色的衣服，那也必须得是"墨西哥粉"。她们，至少在春天，着装配色完全走的是建筑师路易斯·巴拉干那种路线：黄色、白色、墨西哥粉。剩下的时间呢，她们穿的都是深色衣服，衣料亮闪闪的，比她们本身还要耀眼。而我们诺莉亚呢，任何东西都遮挡不了她自然散发的那种灵光。如果我还像以前那样很擅长写特别讲究的学术文章，我就会说："什么都无法削弱她固有的光芒。"

1985年9月，我写的第一篇关于鲜味的文章发表了，当然，也被大规模地无视了。地震可能是原因之一，但还有更重要的事实是，在这个星球上，估计找不到几个会看研究院学刊的人。其实，看看里面的错别字，我甚至都觉得编辑也没好好审稿。他们会花上多年时间做个什么出版物，等终于出成果了，那出版物的品相实在糟糕到令人震惊。

"亲爱的，我觉得现在'糟糕'的意思其实是'很好'。"

"你怎么知道？"

"我这个世界有很多小孩，阿方索，真希望你能看到。"

"自杀吗？"

"车祸，大多数是。"

学术的世界里没有"建议"这一说，所以我们只好在文章后面列出引用文章。作为搞学术的，差不多都能有充分理由相信，只要你搞得好，最后总会有人引用你写的东西。就我个人来说，还是觉得得到建议比较好。不过，话是这么说，我遇到的最好的一件事情，还是多亏了引用文献。中原博士引用了我的文章，他是菊苗博士的学生，而菊苗博士是在19世纪初的东京大学提取谷氨酸钠的第一人。也就是说，他是发现和命名"鲜味"的第一人。嗯，中原是菊苗最忠实的信徒之一，而他引用了我的文章，不是在学术论文里，而是在一篇向自己老师致敬的文章里，用以表现菊苗在第三世界，在遥远的墨西哥都这么出名。因为这个引用，我们开始了稳定的书信往来，后来有了电子邮件这东西，书信往来才告一段落。在一封信里，中原附上了这样一张纸：

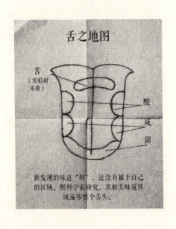

1985年地震，房子塌了一半，最终我们不得不把它整个报废，搬去莫雷利亚住了一年，想出了一个新的"人生项目"。这个想法是突然在我脑子里冒出来的，于是，我把养伤期间画的那些草图翻出来，说服老婆我们应该投入一些精力，把这个房子的"遗骸"改造成完全

不同的东西：几间可以出租的房子。那个时候我们才发现，康复期间我吞了那么多止痛药，可能也在一定程度上高估了自己的艺术能力。不过，当时我们在诺莉亚的表亲家里开设了一个私人诊所，诺莉亚1986年全年都在那里工作，治疗的病人或多或少都跟她有点亲戚关系。她说："你喜欢做什么就做什么，亲爱的。你要行动起来，我们好回墨西哥城去。"

"不对！我也一直觉得你画得很好啊。"

"你的意思就是'糟糕'咯。"

"糟糕有可能是很好的意思，但反过来不行，你这是自作聪明。"

万一我死了，有人发现了我写的这个，那我有责任说明，哈佛大学公开否定了中原寄给我的那幅《舌之地图》。嗯，你好好想想的话，但凡有那么一两个脑细胞的人，滴一滴柠檬汁在舌尖上（按照那幅地图，这个部位只能分辨出甜味），肯定都能很快感受到那个味道啊！但我们根本没想到这一点，单纯地把这个地图奉为真理（最根本的原因是，这是从哈佛寄来的——在那些最自作聪明的人面前，我们这些自作聪明的人都只有讨好的分儿）。反正，我们后来才发现，这些都是胡说八道。但这地图画得不错，至少为我们奠定了一个良好的基础，让我们重新规划了小院，稍微加上了一些艺术思维。

钟落小院的几栋房子位置如下：

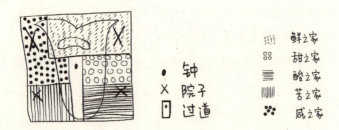

住户情况如下：

苦之家：玛丽娜。年轻画家，不吃东西，其实也不怎么画画，但她会发明各种颜色。比如，"苋紫红"就是苋米植物的颜色，这个是她专门为我发明的。"堵塞灰"是脏水的颜色，也是在尖锐地提醒门厅的排水沟排水不畅。"市场彩虹"，这个是我个人的最爱：是街市雨篷下面那种多彩的光。

酸之家：皮娜和她爸爸贝托。她妈妈切拉在2000年离家出走，留下一封信，贝托一直藏着，皮娜一直在找。这些都是阿加莎·克里斯蒂告诉我的。

咸之家：琳达·沃克尔和维克多·佩雷兹。他们是国家交响乐团的音乐家，还开了音乐学校。就因为这学校，我生活的背景音乐就变成了永无止境又无法忍受的笛声。他们有几个孩子：安娜（也就是阿加莎·克里斯蒂）、西奥和奥尔默，还有露丝，我们深深思念她。

甜之家：佩雷兹-沃克尔音乐学院。钟旁边的小牌子上写着"PW"。就这样吧。在我的建筑许可证里面，租户是不可以随意开办学校的。但无论如何，我都选择不去管，因为他们只不过想要多为这个世界散播一些"哆来咪"，比这糟糕的事情多了去了。还因为，不让开学校的话，他们也不会租我这里。

鲜之家：阿方索·塞米泰尔，也就是我本人，还有"姑娘们"。"姑娘们"就是两个叫作"重生娃娃"的仿真婴儿，她们曾经属于那位美得灵巧精致的妈妈，诺莉亚·瓦加斯·瓦加斯，愿上帝让她的灵魂安息。现在呢，我几乎每天都会帮她们穿衣打扮，做卫生。其中一个还会呼吸呢！

那天在芥末屋，琳达突然没头没脑地告诉我她目前不拉大提琴的原因。她说她不信任自己的手臂了。她说有时候正拉到高潮，她的双臂会突然软得像果冻。

"是你抱着她的？"我问。

她说是的。我就懂了。至少我觉得我懂了。因为有时候，深更半夜的，我的双臂也会把我惊醒。我的不会变成果冻，而是变得僵硬，就像我抱着诺莉亚尸体时的那种僵硬。之前我也无数次地抱过她，特别是在她生命的最后几个月里，但她从来没像死去时那么重过。我很肯定，绝对不只是因为悲痛才觉得沉重。她在生理上，真正地，重了很多。

"为什么？"琳达问我。

"为什么死人比活人重那么多吗？"

"嗯。"

"我猜应该跟没有肌肉张力有关。"我对她说，"你抱着活人的时候，不管对方多么虚弱，还是能自己使点力气的。"

"也许死去就是这样的过程，你说对不对？"

"越变越重？"

"就是你不再承担自身重量的那一刻。"

我喜欢写作，喜欢看一个个字母填满屏幕。这种事情看上去真的很简单，特别像脱胎换骨：白纸上渐渐多了黑字。你种下一个新世界的种子，悉心照料，让它茁壮成长。忘了加逗号，就加上，就没什么缺憾了。这篇文章需要的一切都有了。

黑色背景中的白色也是一样。空行、空格，还有我那个哲学家朋友胡安会说的：不可言喻之物。这篇文章缺失的一切，其中没有提到的、缄口不言的，也都在这里。

我不清楚，到底是因为我的年纪，还是在休假，还是怎么的，反正写着写着，我开始意识到，我一直很坚持的引用体系是多么脆弱。此时此刻，我多年来写作时都奉为圭臬的学术规范，感觉就像一个面具，就像现在一些女士戴的那种星光闪闪的假指甲。发明文献引用，就是造出了一种面具，专供特定的男人使用；他们无法与人交谈，更别说与对方进行眼神交流了。这些男人无趣得如同洗碗机，内心深处特别没有安全感，但还有一层薄薄的知识分子的骄傲能稍微遮掩一下。这些人都幻想自己是英雄壮士，实际上却胆小羞怯。换句话说，就是像我这样的男人。

诺莉亚好胜心特别强。她只要想到可能错失大会、研讨会，或者任何能争第一的机会，就会觉得很恐怖。只要得了表扬获了奖，她就成了满怀壮志的梦想家，宣布要成为第一个获取某项成就的女性，为下一代打开大门。她明白女性在这个社会是处于劣势的，也从不放过任何一个在公开场合发表这种观点的机会。不过她认为，与其说这是社会的"残障"，不如说是挑战。对了，用"残障"来形容性别问题，也是她的独创。曾经有个实习医生哭着找到她，因为有个医生把手放在了她的大腿上。我听到诺莉亚对那个实习医生说，医疗行业的女性当然是能在墨西哥拔尖的，但要知道诀窍，就是要记住残奥会的那些参赛者。

"你知道职业残障运动员怎么进步吗？"我听到她在问，声音还是那么鼓舞人心。

"不知道。"那位实习医生肯定是这么回答的。

"得付出双倍努力，也要加倍低调。"瓦加斯医生这样解释道。

地震后，我们在莫雷利亚暂住的那段时日，诺莉亚才开始后悔没有要孩子。也许这是幸存者劫后余生的副产品，毕竟我们都还心有余悸。又或许是因为跟大家庭接触太多了：她哥哥得了心脏病；她戒了烟；星期天和可爱的侄子侄女待得太久。她睡不着觉，会在凌晨三点打开灯，特别严肃地问："我们是不是错过了什么？"

我会告诉她，是的，是人就总是会错过什么，这是一定的，要是我们有了孩子，还是会错过什么的，错过别的东西。但她总是听到我说"是的"，就不听了。

所以，突然之间，我们全心全意去为不要孩子的决定自我辩护的那十年，又有要卷土重来的苗头了。现在，我们得要个孩子，然后接下来的十年都要为做成熟父母的决定而辩护。我都已经四十好几了。

"你想要什么，我都照办。"我告诉她。

我们也的确试了，很努力地试了，但没有去找医生，没有打针，也没用"小杯子"。我们，或者说是诺莉亚，她对自己的职业有那种很典型的反感（哈，她也是那种会批判自己职业的人啊，唉？！），于是决定不要任何的辅助受孕。我们想要的孩子，必须是命运赐予的。所以，一切都很简单，她不吃药了，我们开始像兔子一样尝试，拼命要赶在更年期之前怀上孩子。

"生育之年"，后来我们聊起回到墨西哥城之后的那段时间，就用这个词指代。其实应该说是三年，与小院的建设是同步的。我们全心投入，这样想象中未来的小家就不会再需要别的东西。那三年我们都筋疲力尽，非常迷信，也充满焦虑，但我们从未被打败。我们都发现，两个人其实都是怀疑论者，不管是怀疑建筑工，还是怀疑能否怀得上孩子。这让我们前所未有地亲密。我们怀疑一切，怀疑每个人，特别是我们咨询的那两个医生，但也怀疑包工头。

那时候，星期六我们都是这样过的：把工人一周的工钱付了，等着他们离开，然后开始做爱。除了例行的周六和那些别扭奇怪的午休时间，我们还在卫生间的墙上贴了个标明排卵期的日历。我其实从来没真正搞懂过，但实际生活中一般是这样的：诺莉亚说："现在！"然后她想干什么我都照办。

家里收藏了一些陶土雕像，仿制了前西班牙时期的艺术品。就是那种受过良好教育的墨西哥人会买的小玩意儿。不过这个受过良好教育的墨西哥人是个例外，我是白拿的。每年研究院都会给研究员一些抵用券作为奖金，可以到学院自己的商店里当钱用。我一直对店里那些民俗CD以及花里胡哨的T恤不怎么感兴趣。但在"生育之年"，这些抵用券总算有了用处：我们囤了很多雕像。其实，我们可是很严肃认真地在做收藏呢。我们在客厅里的箱子上摆放了一系列来自不同文化的小型生育女神雕像。其中有两个是用苋米做的，那时候我已经在研究这个主题了。我们的朋友还把他们的神话人物雕像贡献给我们的收藏事业（不过，诺莉亚和我都怀疑，我们一走出他们的家，他们就把那个声称为我们点燃的蜡烛吹灭了）。

那期间的一天，我回到家，发现所有的小雕像头部都被缠上了布条。我问诺莉亚这是在干什么，她的回答是："你难道没注意到它们三天前就变成这样了吗？这是我想出的一个计划，要猛然惊醒它们。"

"你是怎么想的？"我问。

"我用布把它们的头蒙住了，对吧？然后我就把它们这样放个几天，然后在星期天中午左右，阳光最灿烂的时候，把布扯掉，砰！"

"砰？"

"它们就猛然惊醒了。"

"我们为什么希望它们猛然惊醒？"

"这样它们就可以继续发挥神力了，阿方索。它们就能实现我们的小奇迹了。"

当然，我们的小奇迹，就是到最后也没能怀上的那个孩子，那个我们从未请求过谁赐予的孩子。或者说，我们请求过，但信仰不那么坚定虔诚，所以诸神也不给面子。我们没成功。1991年，诺莉亚休息时间总是跟她们待在一起的租户切拉和琳达（据说是要接受一点怀孕培训）分别生下了一个女儿。她们比诺莉亚年轻十岁，诺莉亚帮这两位新手妈妈带了一个月的孩子，最后认定，我们的年龄已经折腾不起这样的事情了，于是决定去做输卵管结扎手术，以防命运会给我们来个出其不意。

当然了，说起来很轻松，当时是很艰难的。我们相拥而泣。雕像就那么被布蒙着头。我当时五十岁，她刚满四十二岁。我们决定当那些小邻居的爷爷奶奶，如果他们愿意的话。我们就释怀了。

要是什么东西有点清淡无味，略略缺乏肉味或风味，诺莉亚和我就会说它"无鲜"，听起来很像日本人会说的话。

如果你一直停留在让人痛苦的"子女状态"，进食也会成为发展迟缓的领域之一。诺莉亚如此解释她体重的增增减减。这种不稳定是从她戒烟开始的。

"我只需要让自己进食，不用管别人了。"

"那我算什么，杂碎吗？"

"你又不长个了，阿方索。而且你不算：一是因为你很瘦；二是因为你要喂养我呀。"

曾经有段时间，我也没那么瘦：在莫雷利亚那宿命般的一年中，我胖了六公斤（我，一直瘦得像根竹竿儿似的我啊），我猜，是因为那支"七大姑八大姨"军团，稍微受到一点鼓励，就拼命地把吃的塞到我们嘴里。诺莉亚胖了十四公斤，这还是在非常注意饮食的情况下。但是在莫雷利亚，所谓的"轻甜品"，就是用糖代替炼乳。

其实，我觉得我如今正在变胖，肯定是因为外卖吃多了，龙舌兰喝多了。也许我应该出门去超市，重拾旧时的习惯，给自己做汤喝。以前我每个星期天都会做鸡肉高汤，之后的一个星期用它做各种各样的汤；熬汤的碎鸡肉捞出来，又能做成别的东西：三明治、玉米卷、沙拉。有时候我会幻想，投资一种用电池的机械系统，让"姑娘们"也能吃东西。我明白，这样的东西是不存在的，所以还有的时候就会幻想我发明出了这样的东西。我这种本来可能成为工程师、发明家或者木匠的人，怎么做了人类学家啊？

昨天，邮递员送来一封邀请函，是研究院邀请我去一个研讨会，研讨会的名字傲慢浮夸到我想尖叫。在学院这样的地方，中产们用最好听的话吹嘘自己，表示支持"知识就是力量"这样的传说。真是一派胡言！知识明明会让人虚弱，让自我膨胀，破坏独创性。求知，就是越来越少地动用身体，变成一个久坐不动的存在。知识让你变胖！我目前没有带任何博士生，真是谢天谢地，否则的话，我会用这个警句来撕碎他们关于神圣化伪谷物最新潮流（当然这个伪谷物就是藜麦，对了，墨西哥人之前从来没吃过藜麦）的空洞理论。这些初来乍到的小孩很有可能跟我争论到面红耳赤。去刮一刮那些陶瓷碎片呀，老天爷！用用脑子，开一下显微镜，不要到处去胡说八道！事实比你那小脑瓜空想出来的胡说八道要有趣整整十倍！

知识会把你气炸。

我可以不假思索地列张单子，都是诺莉亚在超市里会不假思索就买的东西：

人字拖，特别是上面有图案的那种。我肯定已经送出去上千双了。但每当我清理某个柜子时，总能再找到一双。

锡箔纸。

金枪鱼罐头。这是她长久以来的习惯：遇到我之前，她几乎整天都住在医院里，所以总是吃同一种沙拉，从初级住院医生时期就开始吃的。沙拉的配料是一罐金枪鱼、一罐玉米粒、几大匙好乐门蛋黄酱（诺莉亚每次向营养不良的住院医生传授这个菜谱时，都会郑重其事地强调要买这个牌子的蛋黄酱：在她那个时代，只有护士才买味好美；住院医生都吃好乐门）。

无糖口香糖（在收银台拿）。她只在独自开车时嚼口香糖，因为她很怕自己会在方向盘前睡着。

扑热息痛。

珀玛低热量喷锅油。

诺莉亚曾经对我说："'只是个女儿'，真是太'无鲜'了。"

珀玛喷锅油是用来替代炒菜油的，真是太可悲了，我很干脆地拒绝使用。但这种东西进入我们的生活时，弄出了很大动静。是露露带给我们的。露露是诺莉亚的表妹，来自波士顿。毫无疑问，她的出现激发了我老婆比较令人难以捉摸的那一面。每次她来我家小住，都会带来一种新的塔罗牌，或者一整年的中国生肖运势，要么就是她最新的减肥指导书。她俩对"体重监测"的依赖持续了总有一百年，其间，露露还寄来一箱又一箱那种买了可以积分的方便食物套装，根本没想过我会有多抵触。

礼尚往来，只要诺莉亚去美国开会，就会给露露带去一大箱家常手工墨西哥玉米粉圆饼和别的墨西哥小吃，因为她表妹是那种一辈子都很崇敬故土的移民。能在美国比较方便地买到墨西哥产品之后，露露越来越挑剔了。她只想让诺莉亚给她带从市场上买到的东西，不能是那种包装好的。有一次我们在海关被拦下，被迫交出了想要偷偷带过境的七公斤瓦哈卡奶酪。诺莉亚费尽心机地向海关工作人员解释这些都是有证书的，但没人相信那些当时有点刺鼻、有点拉丝的奶酪是经过巴氏杀菌了的。

露露住在国外，从某种程度上来说，也身处我们的时间之外。现在回想一下，她是我们的亲朋好友中唯一从未停止过对我们假想中的孩子发表假想评论的人。她坚持不懈地告诉我们，美国佬要孩子的年龄越来越大，那里还有帮助生育的诊所，她会带我们的孩子去美国看什么什么队打比赛，因为她是个棒球迷。她现在很可能还是这样。我是说，如果她还活着的话，很可能还是这样。只不过自从诺莉亚的葬礼之后，我就没再见过她。我还记得葬礼上的花是她安排的。

露露也没有孩子，没有伴侣。用她自己的话说，她连条"朝她呜呜的狗"都没有。有一天，她带着一桶"清凉维普"人工生奶油，出现在我们面前，说："就连发明了男人老二的上帝，都想不出这么好吃、热量又低的东西。"关于男人的话题，我就只听她提过这么一次。我知道她有过好几个男人，因为她长得不错，还因为她只要一进客房，诺莉亚就会跳到床上，悉数给我汇报，浑身上下充满了八卦的超级狂热，最后只有睡眠（通常还是我的睡眠）能够消解。就是在这样的时刻，诺莉亚说，露露提议让她买重生娃娃。

"什么东西啊？"我问，"听起来很神秘啊。"

"是重生了的玩具娃娃。"诺莉亚解释。

"怎么重生？"

"就是说，它们再也不是玩具娃娃了。它们重生的时候，就变成了小婴儿。算是安慰那些没有孩子的人，你知道的吧，就那种。"

　　我负责用牙刷把"死亡小号"蘑菇上的尘土清理掉。真的很难，因为尘土和蘑菇是一个颜色，所以也不知道什么时候是个头。我觉得已经刷干净了，就会把蘑菇放在一个装满温水的沙拉碗里，外婆伸出手指搓一搓，确保干净。外婆的手和我在湖里泡了很久的手很像。现在我又穿上了衣服，感觉又暖和又舒服。等小号们都干净得不能再干净了，我们就递给妈妈，她在锅上烧着大蒜和番茄，咝咝地响着，再把蘑菇加进去。"咝咝，咝咝"

就是很多很多蛇一起说话的声音。

"你的手是用什么涂的？"我问外婆。

"我的指甲吗？"

"嗯嗯。"

"指甲油呀。"

"你想让艾玛帮你涂指甲吗？"妈妈问我。

我使劲儿地摇着头。我当然不想啦。我都不知道什么是指甲油，味道难不难闻。

我们在露台的桌子上吃饭，外婆说露台其实叫"游廊"。我很饿。到处都飘着油和大蒜的味道。皮娜不喜欢大蒜，因为她很笨。安娜和我一样喜欢大蒜，特别喜欢吃烧焦的部分。妈妈从锅里挑了两瓣蒜，给我们一人一瓣，我们开心地嚼起来。皮娜朝我们做了个鬼脸，好像觉得很恶心。她对我说："天哪，露丝呀露丝，谁能知道呢？"

"知道什么？"

"你居然不是个吸血鬼[1]。"

艾玛给我们用的是棉餐巾，不是纸巾，我特别优雅地坐着，就像飞机上那些系着领巾，戴着小帽子，给我们发花生吃的优雅姐姐。

"我不可能是吸血鬼呀，因为我是颗花生，对吧？"我问。大家都说"对呀"，只有安娜没说。她翻了个白眼，一直盯着天空。这种时候她一般都希望我们根本不是姐妹。

艾玛端着意面锅直接上桌了，她还开了海岸另一边哪个朋友做的葡萄酒。她也给我们这些女孩子倒了一点酒，但太难喝了。只有皮娜喜欢，但接着她又说，她妈妈也喜欢葡萄酒，说着下巴就打起战来，好像要哭了。但接着她就找外婆要可口可乐喝。安娜和我哈哈大笑，因为我们知道外婆讨厌可口可乐。但艾玛又向皮娜解释了她从不向我们解释的东西。

"可口可乐就是帝国排出的污水。"她说。

恶心，难怪我妈从来不让我们碰那玩意儿。

1　在西方传说里，吸血鬼都怕大蒜。

"密歇根是个帝国吗？"我一边问，一边努力用叉子搅起意面，妈妈希望我们这么吃。

皮娜说是的，皇帝叫"米其林"。

"不对，"安娜说，"皇帝叫鲜皇。"

"他是坏人吗？"

"很坏很坏的坏人，"皮娜说，"他把小女孩当早餐吃。"

"不不不，他不是的，"安娜打断她的话，又对皮娜说，"不要给我妹妹讲这些故事。"然后又对我说，"'鲜皇'是世界上最好的皇帝，要是小女孩去他的城堡里拜见他，'鲜皇'就会帮她实现一个愿望。"

我还想再问一些问题，但是妈妈和外婆催我们去厨房干活了。她们给了我一把特殊的勺子，就像那种挖冰激凌的勺子，但是很小很小，像它的小宝贝。我得用这种勺子来挖瓜球。你先把勺子插进瓜里，然后转个圈。我简直是瓜球王后。挖出来以后，我得把瓜球放到玻璃盘子里，然后安娜给加上一勺冰激凌球，皮娜摆上一把勺子。

外婆沏了茶。她把一张白布、两个马克杯和一罐蜂蜜放在托盘上。

"蜂蜜里怎么有小虫子呀？"我问她。

"不是小虫子，"她说，"是只有大人才能吃的特殊的蘑菇。不过我也给你们这些小孩专门准备了东西。"说着，她拿出一罐长条巧克力夹心饼干。她问我想吃几个，我说："很多。"她在每个冰激凌碗里放了一条饼干，把剩下的都递给我。安娜嫉妒得要死。每次我得到礼物而她没有的时候，她就很不高兴。

"你告诉我皇帝的城堡在哪里，我就把饼干都给你。"我对她说。

"没问题。"

我把饼干给了她，她凑到我耳朵边上悄悄地说："你永远到不了那里，因为城堡在湖底下。"然后她朝我吐了吐舌头，拿着我的饼干走了。皮娜也朝我吐了吐舌头，就是因为她想吐舌头。

我们拿着甜品出去的时候，艾玛朝我们热烈鼓掌，妈妈唱了首她很喜欢的歌，唱的是《多纳》，就是西班牙语里的"甜甜圈"。不过那不是一首西班牙语歌。

"是什么语啊？"皮娜问。

妈妈说是意大利语，我们一起教皮娜唱这首歌吧。原来唱的不是我一直以为的甜甜圈，而是一个女人。妈妈一直在解释歌词的意思，我一点也没认真听，因为我在想别的事。我在想，我的傻足们和我经常藏起来喝的那种饮料里面，竟然全是脏兮兮的东西。

安娜和皮娜去一间卧室里看她们的电视剧了。她们昨天在"十元店"买的光碟，有很多很多集，她们满口说的都是这个。我不想看，因为虽然她们说了不吓人，我还是在封面上看到一些吸血鬼，所以还是很吓人。

外婆问我喜不喜欢吊床，我说喜欢。她就带我去了前门的露台，她那辆老卡车就住在那儿。我们租来的车也住在那儿，但今天不在，因为被男生们开走了。家里通往高速公路的那条小路也在那儿。上面还有几双泥乎乎的鞋、几张椅子、几把伞，房顶上垂下来一个巨大的线团。艾玛解开线团，原来是吊床绕成的球。她把吊床的两头拴在露台两边的杆子上。

"是游廊。"艾玛纠正我说。

"我以为后面那个才是游廊。"

"那个也是。有前廊，也有后廊啊。"

"还有中廊。"我说，但是她没笑。

我爬到吊床里面，她说："抬头。"我抬头，她朝底下塞了个靠垫。

"我还从来没在吊床上用过枕头呢。"我跟她说。

"这是比较高级的版本。"她说。

"我不困。"

"我知道，这只是为了让你更舒服呀。"

"你可以摇摇我吗？"

外婆摇着我，摇得实在太轻了，接着她停下来，说要下雨了。

"你怎么知道？"

"因为蜻蜓都飞出来了。"

她走进屋里，拿着一沓纸和一筒铅笔走了出来，然后亲了亲我。等她走了，我把脚从吊床上抬起来，顶在桌子边缘使劲自己推自己，推到完全摇晃起来。我不时要再抬起脚推一下，所以没那么无聊。以前我是喜欢外婆的，但我再也不喜欢她了，因为我感觉她把我带到这儿来，是不想让我烦人。她肯定是想跟我妈谈大人的事情。她根本不知道，我在家的时候是什么话都能听到的，从没发生过什么坏事啊！我想拿脚趾去够那一筒铅笔，让它们倒下来，掉出来，但是她放得太远了，我够不着。我觉得我想回到前廊，或者后廊。接着我想，等到太阳不照在我脚上了再走吧，因为真的好舒服啊！太阳透过吊床上的网眼投射进来，在我腿上画了一片片影子。影子就像眼睛，能看到我做的所有事情、想的所有事情。

　　我猜最后我是稍微睡了一会儿，因为等我醒了，那些眼睛都不见了，我很冷，天在下雨。我想要妈妈，但走进屋里，发现克里奥坐在沙发上，我躺在那儿应该比较好，因为那上面有一条毯子，还因为外婆在这儿找到我之后就会觉得对不起我，我穿得那么少，她就把我留在外面。但我能听到她们在外面笑哈哈的，还没人进来找到我之前，我就又睡着了。

　　等我再醒过来的时候，已经快到晚上了。克里奥和它的两个兄弟躺在沙发旁边的地毯上睡觉。我听不到大人的声音，所以我用毯子把自己包成毛毛虫，走到游廊上，找大女孩子们，就像我找"小号"一样。桌上堆满了脏盘子，但不见人影。我听到一些声音，于是朝那个方向跑过去。雨停了，但草还是湿的。我发现艾玛坐在最大的池塘边。池边的平台是用砖头砌的，但她像狗狗一样踢着那个台子。

"你在跟谁说话呢，外婆？"

"跟她。"

我四下看了一圈。

"哪个她？"

"艾玛。"

"你就是艾玛。"

"你也是。"

我笑起来，但其实并不想笑。我问她妈妈在哪儿。她把头偏到右边，拍拍池边的台子，说："我做的。"

"我知道，"我告诉她，"今天下午你已经跟我们说过了，昨天也说过，前天也说过。"

"假发真好看啊，你真是适合紫色。"她说。

她好像睡着了，在说梦话。她可能是在梦游。她的手放在水面上，手掌朝下，然后慢慢地动起来，好像在挥手。

"妈妈呢？"我又问她。

艾玛指着一条橙色的鲤鱼，说："她在那儿呢！"

"在池塘里？"

"是啊！你妈妈变成了一条鱼。"

我不信。而且，她还在哈哈笑呢！

"真的呀，小宝贝。你妈从小时候起，每月都会有一次，变成一条鱼。"

她点着头，说："真的呀，真的呀。"这让我更怀疑她了。

"哪一条？"我问，想证明她是错的。她指着一条橙色的鲤鱼，但我看不出来是不是她刚才指的那条。鱼儿游走了，躲在睡莲之间。

"你怎么看出来的？"

"因为她眼里的光不一样，"她解释道，"像哺乳动物的光。"

我感觉自己的嘴唇开始颤抖了。

"你别担心呀，她总会回来的。"

"别骗人。"我告诉她，但声音很小，小得像只跳蚤，所以我跑开了。

"回来呀！"艾玛说。但我没有转身，她也没有跟着我。我想跑到树林里去迷路，我想来一只狼咬我一口，这样外婆在找到我的时候，就会因为骗我而非常非常不好受。但我太害怕了，不敢进林子里去。树和树之间好黑啊。胆小猫咪！你在那儿待了一上午呀！我从有露台和吊床的那边跑回屋子里，直接进了我姐姐的房间。安娜和皮娜坐在电视机前，屋子里一片黑。屏幕上有个女孩子，有一半身体是绿的，她的头不断地转啊转啊，就像旋转木马。

"这个就是你们的电视剧呀？！"我问她们。但安娜尖叫起来："出去！少儿不宜！"

我不喜欢她朝我大喊大叫。我把毯子甩到她们身上，去了妈妈的房间。她还是小姑娘的时候就住这个房间。里面有一条拼布被子，本来该有门的地方挂了个五颜六色的针织帘子，我们来的时候妈妈会把它洗一洗。我们每次来的时候，她都会把房子里的所有帘子都洗一洗，因为外婆不太在意灰尘的问题。外婆就是用了"脏眼法"，生活在树林和灰尘当中，有时候妈妈一想到这个就生气。我从地上捡起安睡小熊，爬上了她的床。铁架子床，妈妈说这是公主的床，但我觉得公主的床应该不会经常这么"吱吱"叫吧。安娜和我以前总在这儿一起睡的，但今年暑假她和皮娜在电视房睡。我和小熊头顶上挂了几个飞机。这还是妈妈小时候和她爸爸一起做的木头飞机，在他们搬到湖边之前，在她爸爸和艾玛住一块儿之前。

妈妈的第一把大提琴住在这间房的一个角落里，差不多有我这么高。我想把大提琴推倒，稍微弄坏一点，因为妈妈不在这儿，我也不知道她在哪儿。但我不想从床上下来，因为那个绿色的女孩子真的吓到我了。

有人掀开了房间的帘子，我尖叫起来。原来是外婆。我还以为我俩在生闷气呢，但她朝我笑了，所以我猜我们又和好了吧。我想她是过来跟我说好话的，比如我是抹了糖的小花生什么的。但她只是说："看看是谁回来了。"

外婆把帘子又掀开了一些，好让我看到。妈妈就站在帘子那头，浑身都湿透了。她衣服和头发上的水都滴在客厅的地毯上，她的头巾完全被打湿了，都变成深色的了。她的两个咪咪之间夹着一朵睡莲。妈妈真的在那个池塘里！我感觉自己的嘴就像动画片里的那些人一样，张得老大。

"你看吧。"外婆说。

妈妈的脸颊一胀一缩。克里奥和它的兄弟们跑了进来，朝她"汪汪汪"地叫。狗狗是真的真的不喜欢鱼。

　　皮娜听到外面的露营车在哼哧响。切拉去发动引擎了，因为要先热车，才可以开上高速。皮娜趴在床上，还是睡眼蒙眬的，但突然感到一股冲动，想跑出去阻止她。不过她没有。车子哼哧哼哧的声音听起来很稳当，切拉是不会抛下他们自己开走的。她很仔细地搜寻了一下床底下，心依然跳得很快。贝托正在检查小屋里的柜子。皮娜听到柜子开了又关的声音。等她从卧室出来，爸爸站在小厨房里，手指叩击着料理台的瓷砖。

"没落下什么。"皮娜说。

"那我们就走吧。"他说。

他们关了灯，一起出去了。

贝托穿了西装，但是没打领带。这么早，他那双圆眼镜后面的眼睛就像两道裂缝。灰色外套的肩垫正慢慢向他脖子上挪，被他拿的那堆重物给弄皱了。他扛了一个背包、一个行李箱、野餐冰盒、一个篮子。皮娜柔声唱道："小毛驴，小毛驴，走在路上一身泥。"他也跟着唱起来："辛勤工作向前走，你驮的都是好东西。"

天还没亮。小屋都还闭着眼睛。树木、大圆顶和那两根住着燕子的长烟囱全倒映在游泳池里。池面风平浪静，皮娜不知道那蓝色是水，是天，还是水天一色。她有点后悔，整个周末她一次泳都没游过。

他们到了治安岗亭，打开大门。门"吱呀"了一声，但是露营车的声音更大，所以这声响动也没什么。皮娜为那些还在睡觉的人，那些开高尔夫、开尼桑、有兄弟姐妹的人感到抱歉。但她也很开心，因为刚到这个地方的时候，她就想走了。

"你怎么啦？"爸爸问她。

皮娜这才发现自己一直在摆弄手上那个小伤口。

"我摔倒了,"她说,"擦破了皮。"

贝托蹲下来,身上还是扛着那些大包小包,他说:"你的手腕能动吗?"

皮娜给他看,慢慢地转着手腕,露出痛苦的表情,好让他相信自己。她走到露营车旁,贝托滑开车门。她上了车,贝托把东西放下。

"早上好呀,小姐。"切拉用法语说。但皮娜没回应她。爸爸不喜欢切拉说法语,因为她是跟一个法国男朋友学的。爸爸不在的时候,妈妈会把自己的旧情人都讲给皮娜听,他们总是来自很遥远的地方,就像童话里的王子。

妈妈这么早就起来,穿戴好了来开车,真是太奇怪了。她穿着一条花裙子、一件羊毛开衫。通常切拉送皮娜去学校时,都会穿好上舞蹈课的衣服。她经常一整天都穿着那样的衣服。有一次,班里有个男生问皮娜,为什么她妈妈穿着睡衣来接她。

"那是紧身连衣裤和护腿,"皮娜纠正他,"跳现代舞穿的。"

但那个男生只是呆呆地看着她，好像她也穿着睡衣似的。学校里基本上就是这样：没人知道皮娜·鲍什是谁。人人都以为"皮娜"是个亚洲名字。当然啦，安娜例外。安娜知道皮娜·鲍什是谁，因为皮娜早在她们六岁左右就告诉了她，当时她们放了一盘录像带，现在还时不时地放一下，虽然她们已经九岁了，每次想看的时候还得把录像机从柜子里搬出来。录像里面有一段，是皮娜·鲍什在一个摆满桌子和椅子的房间里跳舞，连眼睛都不睁开。到现在皮娜和安娜有时候还会试着那样走走路，但最后总是会撞到什么东西，或者互相撞到。有一次，她们让露丝和奥尔默在院子里试试，奥尔默被一个水泥花槽撞破了头。

露营车开进一个还在睡梦中的小城，接着又开了出去。皮娜看到车窗外有三个孩子，独自走在路边。他们穿着制服，背着大大的背包。皮娜想说要不载载他们，露营车里空间也够。但她担心爸妈一个说好一个说不好，又开始闹矛盾吵架。他们上了高速。贝托唱起来："小毛驴，小毛驴，今天真辛勤。"但没人跟着他一起唱。他的领带装在餐篮里，被卷起来了，像一只光滑的大蜗牛。

昨天晚上，皮娜在卫生间里抠开了伤口结的痂，看着伤口边冲水边变了颜色。从血已经干了的那种深红变成一种很浅很浅的红，甚至有点粉了。伤口只不过指甲盖儿大小，几乎不痛，但还是有一点痛。也足以弥补她只数了九十七只燕子这个事实了。

　　皮娜喜欢路，但不喜欢走到尽头的路。要是有人说"快到了"，她就会觉得很烦。她会坐立不安，希望永远不要到，希望车在路上爆胎。或者不爆胎也行，因为那样他们就会停下车来。皮娜想要的是一直在路上，永远永远地前进。她想要的是，不管谁开车，都忘记转弯，一直朝前开。皮娜喜欢的是在路上的感觉，不喜欢到达目的地。比如，现在，他们就是在路上。没有人说"快到了"，因为他们才刚出发呢！皮娜感觉自己很平和安静，她的心跳没有加快；没有人会不带家人就去别的地方。妈妈在开车。她的头发绾成一个髻，能清楚看到那属于舞者的脖子，皮娜特别喜欢。爸爸坐在座位上看着窗外。露营车的头灯照亮了前面的路。

　　他们以前本来有辆很日常的车。皮娜喜欢躺在后备厢上的挡风玻璃下面。那就是她对那辆车的大部分记忆：躺在上面看云和树飞快地往后掠过，躺在雨里面，却永远不会淋湿。她也记得爸爸不想让她那样做，但妈妈说可以，那天，为了不让他俩吵架，她就说，自己根本已经不喜欢躺在那下面了。她撒谎了。

接着，有一天，她和爸爸正在客厅一起做作业，突然听到外面传来连续不断的、刺耳的喇叭声。最后，贝托慢慢拉开窗帘，皮娜在沙发上看着他的脸慢慢变了形，然后融化在大笑中。她跑到床边，看到妈妈在街上，围着一辆红色大众露营车，脚尖点地旋转又小跳，以此来介绍自己的新玩具。早上她开着那辆日常的车出门，回来就换了座驾，从那天起，他们就坐这辆车出行了。那天爸爸的反应也特别感染人。皮娜像抚摩小猫一样抚摩着那天的回忆，而回忆也像小猫一样轻轻地呼噜着，完全就是那天下午给她的感受：他和她一起待在客厅，她妈妈在门外，虽然自顾自地跳着舞，但是为他俩跳的。

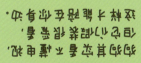

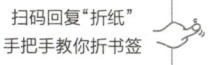

扫码回复"折纸"
手把手教你折书签

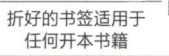

折好的书签适用于
任何开本书籍

切拉放起了音乐，是特蕾西·查普曼[1]的歌。皮娜喜欢《快车》这首歌，因为露营车此时就开得很快。有时候，要是路途真的很漫长，爸爸就会说："好了，够了，对吧？"然后换成他爱听的莫扎特。CD盒上贴了个恐龙贴纸。是皮娜贴的，因为这音乐也是老掉牙了的。

"莫扎特嘛，就是巴洛克风格的嗡叭嗡叭嗡叭叭。"有一次，皮娜这么说，说得爸爸妈妈都禁不住笑起来。她知道自己说的话很好笑，因为有一次她去看琳达阿姨的排练，听到有人这么说，在场的所有人也都禁不住笑了起来。说实话，她根本不知道什么意思。

"你可别乱说我的阿玛多伊斯[2]。"爸爸说。

现在，皮娜想问他还记不记得，但露营车的轰鸣声太大了，她不想太大声地说话。有时候，就算没有轰鸣，皮娜也不想说话。她不想打破这样的沉默。这就像一个泡沫，她可以选择何时去戳破；又像高速公路的终点，她宁愿永远也不要到达。有时候根本不可能，因为爸妈吵架之后气氛很沉重，必须靠她往空气里加点什么东西，

---

1 特蕾西·查普曼（Tracy Chapman，1964— ），美国黑人女歌手。
2 莫扎特的全名是沃尔夫冈·阿玛多伊斯·莫扎特（Wolfgang Amadeus Mozart）。

做一下清扫工作，即便她不愿意。有时她开口讲笑话之前，就知道爸妈不会笑，但她还是会讲。因为要是车里或者家里弥漫着浑浊的沉默时，笑话好不好笑都没关系：爸妈反正都没心情听。但她无论如何必须得讲，就像拿杯垫盖住一处污渍。就像新闻里那些人经常绝食罢工一样，爸妈经常"绝笑"罢工，皮娜呢就经常"绝话"罢工。她只有跟安娜在一起的时候话才很多，偶尔跟爸爸说一点，因为他会问她很多问题。和妈妈一起的时候，她不会说太多话，因为不管她跟切拉说什么，切拉都好像早就知道了一样。

皮娜在后座上舒展着，然后转身朝前。安全带的扣子陷在肉里，但她告诉自己忍着。她在身上裹了条毯子，感觉好些了，但现在她就看不到在窗外呼呼而过的风景了，所以这一路挺无聊的。她又换了个姿势，闹起情绪来了。接着，她抬起双脚，脚趾压在车窗上，冰凉冰凉的。她把脚拿开，车窗上留下了水印。这就像哪儿都不用去，却留下了脚印。水印消失的时候，你把脚再压上去就行了。要是太凉，你就把脚缩回到毯子下面。就像她妈妈，来来去去的，就在皮娜觉得妈妈已经不记得自己的时候，她又回来了。这个周末她花了很多时间来思考这个问题。当然因为爸妈在吵架，但也因为游泳池周边的地上铺着陶土的路石。浑身湿透的孩子们跑过去的时候，会在上面留下脚印，然后，脚印渐渐消失，好像他们从未来过。皮娜觉得，昨天晚上挠破她手的那个男孩子，没有别的男孩子那么坏，别的来自地球的男孩子。

她睡了一会儿，醒过来的时候正在出太阳。他们停在一个收费站的一侧。皮娜坐起来，朝窗外看出去。妈妈正在买咖啡，爸爸肯定去上卫生间了，因为她没见着他。她把嘴压在车窗上，妈妈很不喜欢这个行为。切拉看到了她，指着手里的塑胶杯子，意思是："你要不要来一杯？"皮娜摇摇头。切拉耸了两下肩膀，意思是："那你可吃亏了。"皮娜数着周围的人与事物。小吃摊前有五个人：其中两个是小贩，穿着围裙和多层蓬蓬短裙。收费站排着四辆车：其中一辆是卡车，还有一辆顶上固定了一架单车。小吃摊周围有三条狗在徘徊。从卫生间里走出来一个爸爸。切拉面对贝托，指了指杯子，他也摇了摇头。切拉又耸了两下肩膀。皮娜心想：这是咖啡罢工。一个爸爸，一个女儿，一辆露营车，等着一个和两

283

个小贩聊天的妈妈。

　　他们又出发了。现在已经是白天，他们要开到一个下坡路了，皮娜一直都对那里很害怕，但同时又很渴望，开到高处的时候你可以看到待会儿要一头扎进去的那层浮渣。墨西哥城就在那层浮渣下面静静等着你，墨西哥城就坐落在那层浮渣之下。有时候有那么几座塔或房顶会从下面钻出来，但总体来说，在清晨的那几个小时里，这层浮渣几乎密不透风：好像你可以在上面跳来跳去。但浮渣会敞开怀抱让你进去。浮渣把你吞下，又让你浑然忘却这一切。浮渣主要的特点就在这里：不识浮渣真面目，只缘身在浮渣中。皮娜很清楚这一点，但每当她来到那个斜坡上，俯瞰着那层浮渣时，都会努力去相信这东西的存在，相信它有多么厚、多么灰、多么蓝、多么棕，有种半固体的质感，像脏兮兮的蛋白霜。她就是无法相信自己竟然会忘记这情景。她也尽量久地去凝视这浮渣，但最终，它总会消失。只有那么一两次，大约是在半晌，在学校操场上，她才希望能够飞起来，高高地飞过学校，直到那些高楼的轮廓都模糊掉。皮娜无声地问候它："你好，浮渣。"西奥说，墨西哥城的孩子们肺里都吸入了这种浮渣，他们走到哪里，呼口气，就能把那个地方给污染了。

坡下到一半，露营车冲出了浮渣层。浮渣几乎是瞬间就消失了。皮娜想尽一切办法多看看浮渣——"看着，看着，看着！"突然，妈妈尖叫起来。露营车倾斜了一下，接着又往前开，好像什么事都没有。

"什么鬼？"爸爸说。

"浴缸！有个浴缸！"妈妈回答，指着远处的一个点，那么多树，车开得这么快，根本看不清。一逮着机会，切拉就下了高速，在小街巷里开来开去。贝托叫她回高速上去。突然改变方向把他惹怒了：他想按时回到办公室。切拉没理他。皮娜紧张地抿着嘴唇。天开始下雨了。西奥会说："那是浮渣在朝我们撒尿。"

他们花了很长时间躲路上的水坑和石头，没有一个人说话，也没开音乐。虽然不想这样，但皮娜开始觉得爸爸说得对了，浴缸可能只是妈妈想象出来的。但她什么也没说，因为她在"绝意见"罢工。妈妈说不是她想象的，让他们别管，她一定会找到浴缸的。她找到了。车子拐过一个街角，浴缸就出现了，光天化日，清清楚楚。这条街上所有的房子屋顶上要么是气罐，要么是水箱，要么种着植物，只有一栋例外，屋顶上有个浴缸：很脏很旧了，有金色的脚。

"狮子的脚！"切拉说，仿佛这就能弥补他们刚刚为了寻找这个浴缸而度过的可怕的一小时。有那么一秒钟皮娜还以为会爆发一阵大笑，她默默地用意念希望爸爸能像切拉买露营车那次大笑，这样他们三个人都能互相感染，又并不一致地笑到歇斯底里。但爸爸只是干巴巴地说："挺豪华的。"

路边停着一辆没有司机镇守的出租车，切拉停在出租车后面，从露营车里下来，好像她对要去的地方胸有成竹。她用那薄薄的开襟羊毛衫为自己挡雨。在这个停了一些出租车的地方，穿着花裙子的她看起来有点奇怪。皮娜允许自己开口说话。

"这里的房子为什么都是灰色的？"她问。

"被毒雾给污染了。"爸爸回答。

"浮渣就住在这里吗？"

贝托说："是的。"又立刻接了一句，"不是。"

皮娜解释说，她已经知道什么是毒雾了，有一次就因为这个，学校停课了，她待在家里，可以整天整天地穿睡衣。

"今天你是上不了学了。"爸爸说。

"没事儿啊。"皮娜说着把贝托的领带递给他。

"谢谢。"他说，但并没有把领带系上。

她妈妈刚刚敲的那扇铁门打开了，一个胖男人出现在门口。他没有穿T恤，目光在切拉身上停留了一秒钟，就又把门关上了。切拉耸耸肩，贝托挑起了眉毛，意思是："早告诉过你了。"但接着那男人又出来了，已经穿上了T恤。他身后有个小女孩也探头向外看，盯着切拉。

也许她没有妈妈，皮娜心想，也许她想要我的妈妈。切拉和那个男人说话，指着屋顶，又把手合在一起，最后，好像那个男的也跟她说了些什么。她回到露营车边。贝托斜着身子靠在驾驶门这边，把车窗摇下来。

"你身上有多少钱？"她问。

贝托打开钱包。

"五百比索。"

她把现金全拿了，半个身子斜着探进窗户里，在她那个无底洞一样的手包里翻来翻去，又拿了两三张钞票，最后又象征性地抓起露营车烟灰缸里的硬币。贝托还攥着他那空空的钱包，中间露出一条缝，像刚刚被鱼贩开膛破肚的黑鱼。切拉手里拿着钱，被雨水打湿的头发贴在脸上，整个人容光焕发。她朝贝托甩了个飞吻。皮娜从背包里拿出自己的钱，也要给她：十比索的硬币。但切拉没接。

"留着弄泡泡。"她说，又飞了个吻，这次是给皮娜的。

"什么泡泡？"皮娜问。但切拉已经转过身去了，回答的是她爸爸。

"她是说泡泡浴。放在那个东西里面。"

他们目睹切拉把钱递给那个男人，他又把钱还给她。她再给他，他再还。你给我还了三四次，直到最后那个男人把钱塞进口袋里，让皮娜的妈妈进了门。她带上了门。这个时候，一直把头靠在椅背上的贝托突然坐直了，他凑到挡风玻璃前，鼻子贴在上面。不久，他们看到切拉出现在屋顶，身边跟着一个瘦高个子的男孩。皮娜的心跳得很剧烈，这种崇拜的感觉有点接近于恐惧。

"那是我妈妈。"她想说。

她妈妈正在朝她爸爸喊着什么。他们听不到她喊的话，但是看她的手势也能猜出她在说什么。贝托叹了口气。

"别下车。"他一边开自己那边的门一边告诉皮娜。还没能关上门呢，他的双脚就踩到了水洼，袜子都湿透了。他摔上车门，骂了几句"该死的他妈的"，然后朝那栋房子跑去，一路用手为自己挡雨，但没起作用。他的白衬衫变成透明的，能看得清清楚楚。他还没敲门呢，之前那个女孩子就开了门。她盯着皮娜看了一秒，就让贝托进去，然后关上了门。完了，皮娜心想，这个小女孩赢了：我的爸妈归她了，我得认那个不穿上衣的胖男人做爸爸了。她甩甩头，不去动这样的念头，只把注意力转移到屋顶的妈妈身上。切拉已经开始跳舞了。

瘦高个的男孩子看着她跳，紧张地笑着，直到贝托也出现在屋顶上。瘦高个走了，留下他俩。皮娜紧张起来，然后爬到前座，看着爸妈在雨中吵架。妈妈很高兴，爸爸很生气，她从露营车里就只能看出这些。两个人合力把浴缸抬了起来，很重，他们又放下了。他大吼大叫。她做着手势。他们又把浴缸抬起来，一步步往屋顶的边缘挪。只是一下子不注意，浴缸就翻了，棕褐色的水倾泻而出。这是皮娜记忆中爸爸妈妈最后一次在一起的画面：在浮渣的包围里，他们站在一栋房子的屋顶上，把脏水打翻到已经因为大雨泛起洪水的街道上。

IV

2004

　　我种下了玉米。剩下的就只是浇水、照顾，在我书
页的空白处记下所有的观察所得。其中一本书叫《城市
农地手册》，出版于1974年，作者正是我们那个阿方。
封面有张小院的照片，那时候还不是现在的小院。你可
以看到背景中有之前在这里的那栋巨大的房子和周围的
一大片地，全都种满了植物，有一群"嬉皮士"在田里
干活。我从这群人中辨认出阿方，和其他人一样瘦，但
头发要多多了：深色卷曲的长发。我又在房子的外墙上

发现了那个钟，十一年以后，钟落了，永远被埋在了过道上，就像插在石头里拔不出来的剑。

我的计划是，等玉米秆长到半米高，就种豆子。豆子会把玉米从土中吸收的氮全都给还回去。这显然是很重要的。每根玉米秆下面我都要种三到四棵豆苗，还要引导它们攀爬的方向。这种补充氮的方式，能够让我铺的这些新土多循环利用好几轮。这就是他们说的"轮作"，能确保我们的投资得到稳妥的回报：我爸的钱花得值，我的暑假也没白费。

一旦豆子长到玉米秆三分之一高的地方，我就得种南瓜。那时候我可能已经在上高中了，看看能不能坚持下来吧。就目前来看，我的院子真是激动人心，反正我自己这么认为。除了后面的农地，剩下的现在已经变成草坪了，花槽也种满了植物。只有一个花槽还空着，等我的弟弟们回来以后，我就种上番茄。我们把那张旧野餐桌放回之前的位置，但现在下面有一片草地了。草皮是所有东西里面花费最多的，但爸爸很开心，下午雨后他会光着脚出来。我们用绒布擦干凳子，坐在桌边。我看书，他就摆弄自己的新玩具：印度的手敲小鼓，叫

"塔布拉"，很有异域风情。"塔布拉"这个名字，听起来好像就一个鼓，但其实有两个：一大一小。要打这个鼓，先要学会一些"塔布拉语"。爸爸每周去上一次课，每晚都会复习课上教的那些小小的声音，然后试图用手打鼓来重现。我已经搞懂最基本的了：右手是嗒，叮，忒忒，突；左手是噶，咔。但你可别叫我在鼓上打出这些声音。爸爸一向要打到肌肉都痛起来才休息。

"你坚持不了多久啊。"我跟他说。

"是吗？嗯，你那些朋友的爸妈，光是动动鼠标手腕都会痛，这多惨啊？"

爸爸觉得自己很特殊，因为他没有笔记本电脑，也没有电子邮箱。在他满四十岁的时候，对自己承诺说，每两年就要学会一种新的乐器。但自从露丝去世，他还什么都没学过。接着，几个星期前，他把塔布拉带回了家。妈妈没有发表任何意见，意思就是批准了。

昨天，我那两个弟弟写的一封信到了。不管艾玛用电子邮件给我们转发多少链接，她仍然喜欢慢吞吞的手写信，相信邮递系统会活下去。信是用英文写的，毕竟入乡随俗嘛。但写信的卡片是商店卖的现成的，而不是那种充满艺术气息的手工卡片，以前每次夏令营时，艾玛每周都要让我们坐下来做一张。我特别喜欢写信，但最喜欢的部分，是用彩蜡封住信封的那一步。你要先融化彩蜡，然后把铜章盖上去。艾玛在上面签了名。我们把其中一封信裱了框，摆在客厅。信上面印着我们的四只手，每只手的颜色都不一样。虽然已经开始褪色了，但上面也有露丝小小的手印，所以没人敢去碰那东西。也许最后手印会完全消失。丙烯颜料吧，我想应该是。也有可能是水粉。我得问问玛丽娜该怎么修复。

要我说的话，我的弟弟们对这事还挺不放在心上的。男人基本上对这种事都不怎么上心：他们一辈子大多数时候都在呆呆地看着女孩的胸部，也不用期待自己的胸部长出什么值得呆看的东西，也不用等头发长长后再花一辈子的时间去剪掉。不过最后这一点皮娜向我发起过质疑。

"那脸上长的毛发呢？"

她可能说得对。只要她原谅我那天的事情，我就会跟她说这句话。我们有时候会这样：一个下午不说话，甚至两三天不说话。有一次我们在同一个房间里，几乎有一个小时没说话，因为她嘲笑我，说我用"原先"（bygone）这个词。她不明白这个词到底什么意思。"原先"是原先一个很棒的词。

信里的内容全是他们在邮件中已经给我们讲过的，但我收到信还是很开心啊；很开心我没有跟他们一起待在那儿，还很开心他们重复了一遍特别重要的事情：他们拿到了我的种子。对，我是好好研究过一番。好像那种多节番茄不是你种一株植物就能搞定的。所以我在网上给自己搞了一个"传家宝番茄种子包"。我用妈妈的信用卡付的钱，我的弟弟们会把种子放进行李箱里给我偷偷带回来。我不知道西班牙语里"传家宝番茄"怎么说。我反正感觉这个词不怎么光明正大：传家番茄的宝。又很像那种大男子主义的话："你必须待在家里做女人该干的活儿，选出我们能传家的宝。"但我跟皮娜讲这些的时候，她只是简单地说："你内心戏别这么多，伊丽莎白。"

从我大约八岁起，艾玛每三个月就会给我寄一箱书。只要她附近有人去世，她就去按公斤把那人的书买下来，然后寄我。有整整两年的时间，我拿到的书全是阿加莎·克里斯蒂的小说。不管艾玛的邻居是谁（安息吧），他肯定是阿加莎的头号书迷。那两年来，我觉得周围的一切都是线索，我无论说什么，皮娜都会说："冷静，克里斯蒂。"阿方一直都用这个名字叫我，但他从来不会叫我冷静，也不会叫我内心戏别这么多。

我心想，今年我抵制了夏令营，艾玛应该不会再给我寄书了。但几个星期前，又一箱书到了，全是伊丽莎白一世时代的经典英语文学，语言很优雅，长句很多。就因为这个，皮娜改口叫我伊丽莎白。名称有什么关系呢[1]？我叫什么绰号，要看密歇根某个去世的人有什么样的阅读偏好。现在，我在读伊丽莎白一世时代的文学，而且今年暑假又没去美国，我英语口语可能完全不会说了。要是他们问我叫什么名字，我就回答："嗒，叮，忒，突。"而且我要跟艾玛交流，就只能靠写了。我只在夏令营的时候才练英语口语。艾玛会对我说："你真好看，孩子。"我就尽量用马普尔小姐的语气回答："怎么突然这么说呀，谢谢你，我亲爱的！"这话的意思并不

1　此句出自莎士比亚的戏剧《罗密欧与朱丽叶》。

是我相信她。

"你真好看。"我对我的院子说。

我采了几颗自己种的圣女果给皮娜，她也原谅了我那天没由来地说她蠢。她带着新买的呼啦圈过来，看到我辛苦打点之后的一切，惊讶得目瞪口呆。妈妈做了柠檬汁，我用自己的杯子喝着，皮娜则努力在腰上转动呼啦圈。

"我觉得丹尼尔有个情人。"我突然没头没脑地对她说。

"那个邻居？"

"啊哈。"

"不可能！"

"有可能。"

"你怎么知道？"

"那天我去敲他家的门，他在家的，但是没开门。"

"然后呢？"

"然后我从门缝里看到了几双鞋。"

"所以呢？"

"有一双高跟鞋，就散放在那儿。丹妮拉又不穿高跟鞋。"

"男人都是渣滓。"

"怎么这么说？"

"切拉就这么说。"

"我再给你讲点别的吧？20世纪70年代，艾玛去上密歇根大学的时候，还不准女人走正大门呢！"

"真的啊？"

"嗯。正大门旁边有个小门，上面写着'女士由此进'。"

"那也太可怕了！想想也不是很久以前的事。不过，我也要跟你讲一件事，要是西奥不小心着点，他很可能变成个大男子主义的人。"

"西奥？他可是弹钢琴的啊！"

"嗯，但是他那件T恤就没脱下来过。上面有裸女的那件T恤。"

"就是个画报女郎而已。"

"真是可死。"

"可耻？"

"随便啦！反正就是错的。"

皮娜任由呼啦圈掉在地上，然后她在桌边坐下。我给她倒了点柠檬汁。我觉得自己很强壮，而且有点被晒黑了。我把杯子递给她，用玛丽娜的方式来开解她："不是错的，亲爱的，只是复古。"

"真正错到底的是，切拉给了我一个呼啦圈。"

"怎么错了？"

"她好像觉得我还只有九岁。"

妈妈打开了推拉门，说："看看谁来了！"

玛丽娜从厨房里冒出来，似乎是我刚才想到她将她召唤来的。不过，她一看到皮娜，就惊讶得眼珠子都要掉在地上了。玛丽娜总是躲着皮娜。小院里总有这样的事，我们都知道，但没人明白为什么。阿方也是，他每天都推着推车，带"姑娘们"满街区地散步转悠。皮娜不在乎。我觉得她说不定还挺高兴，觉得有点好笑。她对玛丽娜说了声"嘿"，主动请她玩自己的呼啦圈。玛丽娜在那儿玩着呼啦圈，我在一边给她们讲易洛魁人，那是美国印第安人的一个部落，有自己的宪法，所有的权力都平等分配：只有女人能做族长；只有男人能做军队领袖，但军队领袖要由族长来选。

"那他们的战争有变少吗？"玛丽娜问。

"不知道。我只知道，他们也种农地。其实我用的就是他们的技术，叫'三姐妹'。三姐妹就是玉米、豆子、南瓜。"

玛丽娜和皮娜望着花槽里的植物。

"不是那儿。"我对她们说，然后指着那片看上去什么都没有，只有土的地方。

她们点点头，显然不太信服。

"要过几个月才能有动静。"我说。

窗户打开了，妈妈吹着口哨叫我。我觉得她肯定是叫我把玛丽娜赶走，按照某种新教徒的秘密法令，她在我们家不受欢迎。但妈妈只是递给我一个干净的杯子。杯子上印着电影人物，旁边固定了一根吸管。这是西奥在快餐店促销时得到的。妈妈说："我们只有这个是塑料的了。"

玛丽娜朝她飞了个吻，但妈妈没反应：她正盯着别的什么。我觉得她就要发现我种的玉米了。我在花槽里做了记号，要在上面拴上线，把种了东西的地方都标出来（因为现在只能看出是一片土，我可不想谁踩到我的三姐妹），妈妈只要稍微看一下，就能辨认出来。但她的眼睛在看别的东西。

"皮娜，那个你是从弄哪儿来的？"她叫起来，语气很奇怪，而且很凶。我妈还从来没叫过她"皮娜"。

我看着自己的朋友。她手上抱着我那天发现的小狗狗。玛丽娜也看到了，喊道："帕特里西奥！"

"是你妈妈的吗？"我妈问道。

"什么？"皮娜问。

"那是露丝的狗！"她说。

"是我的！"我告诉她。

"我还记得，安娜。我第一次见你的时候，你一直盯着这狗狗不放。"玛丽娜帮我说话。

皮娜还在看着我妈妈，显然觉得受了委屈。妈妈仔细地看了看我的脸，然后举起双手。

"也许你说得对。"她说，然后从窗口消失了。有那么一会儿，我们以为她可能会再来到推拉门的门口，但那上面只有我们自己的影子，在阳光下的玻璃门上闪着微光。如果你看我们三个人在玻璃上的影子，是看不出

303

很大不同的。也就是玉米和豆子，或豆子和南瓜的区别。

　　玛丽娜点了一根烟，不时沉默地递给皮娜，皮娜抽的时候比较讲究，不会面对着我家。抽烟真的很蠢啊。但这件蠢事现在让我觉得很嫉妒。我不希望这两个人做朋友。真不敢相信她们在分享香烟和呼啦圈，居然也没非要我也试一试。就因为我说这是蠢事。不过，玛丽娜每次看到皮娜时都表现得很别扭，这也让我烦躁。这两人有事儿，但没人告诉我。本来一切太平，接着玛丽娜做了什么事，我妈就把她赶出了家门，突然就没有英语课，玛丽娜也不来带孩子了。每次皮娜和我问妈妈怎么回事，她就抬起眼睛，开始唱歌，这是她让自己谨慎冷静的方式。

　　走之前，玛丽娜对我说："我给你造了个颜色。"然后在我耳边悄悄地说，"丰收绿。"

　　"我们去喝杯杏仁茶吧？"皮娜问。

　　"我在减肥。"

　　"别减了行吗？你又不胖。"

　　"行吧，那你请客。"

　　"好，"她说，"一小时后，钟那儿见。"

这么久，天知道她要干些什么。可能是要弄头发。自从回来以后，皮娜时时刻刻都在打扮自己。她走了，我就待在外面读《尤弗伊斯：才智之剖析》[1]。其实"读书"只不过是个说法而已，我更像是在解锁密码。"然汝优弗斯，正如梁上燕，夏藏屋檐下，冬只留土泥。又如野蜂飞，夺花之甜蜜，弃之如敝屣；再如蜘蛛爬，网间挂萤虫。"有那么一毫秒的时间，我真希望弟弟们也在。如果我用英国腔把这些文字读出声，奥尔默会咯咯笑，西奥会动手给我们那个并不存在的乐队写一首歌:《夺蜜之蜂》。

太阳大到我受不了了，于是进屋去了。屋里很凉快，甚至都有点冷了，而且很暗，不像外面。进门的时候，我都看不清眼前两厘米的东西，结果被什么给绊了一下。是妈妈。她在地上。我尖叫一声，她笑起来。

"你在这儿干吗呢？"我问。

"哎呀，就是练练柔术。"她说。

"柔术难道不动吗？"

"这种是不动的，不动。"

---

1 *Euphues and His Anatomie of Wit*，英国作家约翰·李利（John Lyly）的著作，讲的是尤弗伊斯在意大利那不勒斯的冒险经历。

大家一起吃晚饭的时候，皮娜说起午餐聚会的事。

"向公众开放，现场付款。"她补充道。

"你在逗我玩儿吗，皮？"妈妈说。

爸爸给贝托倒了点葡萄酒，又给妈妈倒了点，然后对他说："你以前也卖柠檬汁啊。"

"时间不是那个时间，"妈妈说，"国家也不是那个国家了。"

"我俩还卖过蛐蛐儿呢，还记得吗？"皮娜问我，"你来抓，我在瓶子里挖上小洞，好让它们呼吸。"

我盯着妈妈，也不知道自己到底在说什么，只是对她说："是我自己挣的。"

"真的，"皮娜帮腔道，"咱姐们儿一直在埋头苦干呢。你看她的胳膊，简直是生化女战士！"

我亮了亮右边的二头肌。爸爸捏了捏，装出一副很惊讶的样子。

"贝托和我把你们的蛐蛐儿全买了，然后等你们一睡觉，就在阿方的农地里放生了。"

贝托吹了几声口哨，说："我全忘光啦！"

"我们能不能办个开幕式？"我问。

妈妈戴着蓝色的头巾，朝我笑了笑，做了她的"新教徒甩手"，但最后还是说："行吧。"

"但得等你弟弟们回来。"爸爸说。

"呃。"皮娜都有点生气了，好像他不用说，我们早就想到了。

"邀请制，"妈妈说，"免费。"

"自愿捐款吧？"爸爸建议，"嘿，要是大家想帮忙，干吗不让帮？"

妈妈缓慢地做了个深呼吸，我明白她这是在说"好"。爸爸朝我伸手，又朝皮娜伸手。

"一言为定。"我们说，然后握了手。但我内心说了别的话："挤呀！"

皮娜和我去她家玩，大人们就在我家客厅待着。爸爸说我们必须庆祝皮娜和切拉和解，所以才有了今晚的晚餐。但只有皮娜、我爸妈和我知道这事。我们告诉贝托，这顿饭庆祝的是下周我们就上高中了。

皮娜递给我一个信封，里面装着她洗出来的一些照片。再看到她妈妈，感觉好奇怪。她一直都这么漂亮的吗？我跟皮娜说，那片海滩看着特别棒，她能去看刚孵出来的小海龟，我好嫉妒。接着我让她给我编辫子，因为她用生命发誓说她知道怎么编。她当然是不知道的，但还是有必要做个试验的。丹妮拉从她的背带裤上给我们解了橡皮筋（她的样子看着很糟糕，怀孕了，穿着背带裤）。她跟我们说，要是编着辫子睡觉，第二天早上再解开，就能有一头的"新加卷"。院子的开幕式，我们得弄个鬈发出席。皮娜编啊编啊，一边给我讲马尊特的海滩、那里的人，还有海龟。最后她告诉我，最奇怪的是，她小时候也碰到过同样的事情：和切拉在一起的时候，她不敢说话。就好像，她想把话说对，但是总是想太多，最后什么也没说。她说对别人都不会这样，除了那些她喜欢的男孩子。她说她鼓起勇气问了她妈妈那封大家都知道的信到底讲了些什么，切拉却说她不记得了。

"她为离开道歉了吗？"我问她。

皮娜摇了摇头，从她梳妆台的镜子里看着我。

"你找到男朋友了吗？"我问。

"没有，"她说，"和咱们同龄的男人，一点用都没有。伊丽莎白、丽斯、丽兹[1]，从现在开始我就叫你丽兹了。"

"和咱们同龄的男人还不是男人呢，皮兹。"

"那他们是什么？"

"他们是少年。"

"他们是什么？"

"他们是脑子进水的萤虫。"

皮娜睡好几个小时了。我睡不着，因为辫子搞得我很痒，而且她跟我讲的事情像石头一样压在我心上。我不知道能不能再和切拉见面，也不知道最后能不能不那么恨她。或者，也许我可以恨她，这样我朋友就不用恨她了。我可以做"恨意代理"，皮娜就可以看开这一切，原谅她。也许她已经看开了，原谅了。不仅原谅她离开，也原谅切拉对皮娜坦白的事情，就是皮娜在睡觉前告诉我的事情：去年她过生日的时候，切拉千里迢迢地赶到这儿来，但走到门厅就没再进来。她人都来了，却一句

---

1 "丽斯""丽兹"都是伊丽莎白的昵称。

话都没留下就走了。这简直是最让我生气的事。嗯，这件事，还有信里的内容。

要恨切拉很容易，但我恨着她，就睡不着。我不断地惊醒，情绪依然排解不掉，在我心中跳跃着，感觉就像露丝去世的时候：我想要穿越回过去，打开小院的门，抓住在门口犹豫着按不按门铃的切拉，让她赶紧按。我一下子注意到窗户外面不再黑漆漆的了。我坐起来看了看音响上的钟：凌晨五点半。我穿好衣服，走到楼下，光着脚走过"喉管"，又停下来，用脚趾碰了碰那个钟。比地上凉多了。我就那样待了一会儿，很像电影里面的角色：独自站着，拂晓的天空让我浑身充满忧伤。

皮娜告诉我的另一件事是：她从她妈妈那个海滩回来以后，贝托终于同意给她看那封信了。信上只有一句话，我们大家都没想到的一句话。我觉得就是因为那句话我才失眠的，因为这么多年来，我们都在怀疑是不是一封自杀前的绝笔信，或者切拉其实是个间谍，被迫离开去完成任务。我们想的基本上都是，她写的东西能让我们知道她为什么离开。但让我心碎的是，那封信根本什么也没说。信里的那句话是：皮娜，我只求你上完高中。

家里通往后院的纱门是开着的。一开始我有点担心，但走近了以后，看到妈妈站在草坪中间，手里拿着一杯咖啡。她一脸茫然的样子，还穿着白色的睡裙，身上松松地披了一条羊毛披肩。她凝视着我的农地，仿佛想不明白我种的那些东西到底是真实的还是虚构的。

　　"你在这儿干什么？"我轻轻地问，拉起她的手。

　　她也光着脚，小麦色的头发披散着。她的结婚戒指垂挂在锁骨之间。她一直不喜欢把戒指戴在手指上。爸爸说，他们举行婚礼三个星期以后，她就把戒指用链子挂起来了。我突然想到，我已经很久很久没看过她这个部位了：戒指随着她的呼吸在动，一起一落，还反射着一盏街灯的光。她的双肩好像植入在皮肤之下的两个网球，和我弟弟们的一样：这些我都不记得了。我的妈妈也在隐藏自己的身体吗？我用一根手指抚过辫子中间的纹路，头皮又痒起来了。我们低头看着两人的脚。妈妈握住我的手臂，让我感受摸着草，让露珠落在脚趾上的感觉。我们的脚是一样的，太宽了，穿不了漂亮的鞋子。现在，我们共有的东西又多了几样：露水、寂静、绿色的东西。

妈妈夹紧脚趾，扯了几片草叶。她立刻就后悔了，像刚刚做了调皮事的小姑娘一样看着我。我耸耸肩。

　　"没关系的，我们还有很多。这些都还有很多。"

　　接着妈妈朝我慢慢地眨眨眼。我明白她是在说"谢谢"。

　　她们刚坐下，切拉就说："现在我们来聊聊快乐的事。"

　　可丽饼、刀叉、两个盘子和吉娃娃囤的其中一款果冻，全都在桌上摆好了。她们还从厨房里那个二十升的大水瓶里倒了一些水到水罐里。玛丽娜从来不坐在餐桌边的，感觉自己好像身在幻影中。

　　"你先来。"切拉说。

　　"我会发明颜色。"这是玛丽娜唯一能想到的快乐的事。

　　"用颜料？"

"用词语。"

"什么意思？"

"比如……我之前想的一个颜色，但还没想好，'电黑'。"

"一种电子黑？"

"完全正确。"

"很棒啊。还有吗？"

"痂粉，就是你揭开一个痂之后看到的那种粉色，你知道那种颜色吧？"

"太知道了！"

"脏黄是那种禁止停车的人行道边缘涂的那种脏脏的黄色。暮橘是只能在暮色中才能看到的偏西瓜色的橘色。瞬沫白是海水泡沫那种转瞬即逝的白色。"

切拉满嘴都塞着食物，所以伸出食指表示了肯定。"继续。"她做了个手势。

"旅绿，是你因为自己破坏环境而觉得愧疚，于是进行某种生态之旅的那种绿色。"

"太厉害了！"

"忽蓝，是你上一分钟还好好的，下一分钟就悲伤起来。"

"太厉害了!"

"医果绿,是医院那种开心果一样的绿色。勃艮唇是你喝了几杯红酒后嘴唇的颜色。失眠黑是没睡觉后的黑眼圈。烫虹是你在汽车加油站那种滚烫的柏油路上看到汽油混合在一起的颜色。你知道那种颜色吧?"

"你真有天赋呀,小姐,"切拉总结道,"记住:天赋不是凭空得来的,别浪费了。我的快乐事,就是我的酒店。"

其实并不是属于她的,但她就这么说:"我的酒店。"玛丽娜总能敏感地发现这种"自我授权"的情况。切拉简要地讲述了自己在马尊特海滩上过的那三年:她先是端盘子做服务员,慢慢地升职成了经理。她讲了海龟和它们产的小龟蛋,还有行贿警察的事,以及那些无知到令人难以忍受的游客。她又讲了一个哥伦比亚人,还有一个爱尔兰人,那是她这辈子最棒的性体验,还抽了她这辈子最爽的一次大麻,四氢大麻酚[1]的含量很高。也记不得她讲了强迫症没有。玛丽娜无法集中精力地吃面前

---

1 四氢大麻酚是大麻中的精神活性成分,是已知大麻素的一种。

的食物。因为她不喜欢切拉打断自己：她还有更多的颜色，好几十种颜色要给她讲呢。

"你多大啦？"她问道。

"三十九。我在厨房里跟你说啦！"

"对哦！"

玛丽娜拨弄着盘子里的一片片可丽饼，她趁热先吃了半个，还算轻松。但现在饼已经变凉了，黏糊糊的，她一口也吃不下去了。就在当时当地，她想着怎么能清理桌子又不让切拉生气，突然决定了到底站谁那边。其实不存在什么这边那边，但她才不管。她站在皮娜那边。她站在琳达那边。她坚决支持钟落小院。她和那些直面城市生活、勇往直前的人站在一起，和那些苦中作乐的人站在一起。而这个来自海滩的玩意儿，这个妖女，这条金鱼，在她家到底是要干吗呀？

切拉正在展示她手机里酒店的照片，但这些都只是让玛丽娜进一步幻灭并清醒。她心中某个地方冒出哥哥的声音："你就是为了这个离开你女儿的吗？为了晒太阳，为了在胸前别个名牌？为了抽个大麻，为了睡吊床？"玛丽娜自己当然也不介意去体验一下那种晴朗、快活、文化多元的地方，但放在切拉身上就是感觉不合适。她都这个年纪了，不行啊！她的名牌上写着"伊莎贝拉"。拜托！玛丽娜眼前出现一幅很清晰的画面，那是专属于切拉的混沌与模糊：闻起来有一股印第安檀香的味道，但在味道上和教堂的香也没什么区别。她对这种味道只觉得嫌恶。同时，出乎意料的是，玛丽娜突然自发地对自己的母亲产生了一种新的欣赏和崇拜，她总是唯唯诺诺的，这点不假，但至少不糊涂。门多萨太太不信任任何形式的烟雾。她从来都不欣赏嬉皮士或清教徒，只要家里飘着一丁点香烟的味道，她就会煮丁香和橘子皮来驱味。

就在当时当地，玛丽娜想明白了自己必须做的事情，而且这不仅仅是躲开桌上食物的借口，还因为她必须得说接下来要说的话。她在厨房里就想清楚了，只是一直忍着。所以现在她站起来，把盘子端到水槽里，回来的时候，一只脚踩在椅子上，用膝盖支撑着点燃一支烟，说："我有事必须告诉你，好吗？"

完全不对头。她也知道自己做得完全不对头，但从医院里学来的那些术语已经完全占据了她的头脑。

"赋权。"她听到脑子里冒出来这么一个词。权力是一匹难以驯服的野马。你必须坚强地骑在马背上。这匹野马非常狂暴，你只能迅速地跑，一举跳上去。至少每当有人提到"赋权"时，玛丽娜心里是这么想的。

切拉挑起了眉毛，觉得有点好笑，但也很认真，带着开放的心态。她把手机放下。

"露丝。琳达和维克多的小女儿？"

"嗯……"

玛丽娜坐下来，野马已经在脱缰狂奔了。她看着餐桌，突然有点羞愧。她不想成为说出这些话的人。首先，这不是什么快乐的事情，而且，跟她又没什么关系。塑料桌布上黏了一块焦糖，玛丽娜用餐巾纸抹掉，餐巾纸被焦糖黏住了，裂成一片片的，变成小小的纸玉米卷。

"她怎么了？"切拉说。

"她死了。两年前。"

切拉身体里的空气一下子全部被抽空了。你都能听到那个声音，就是一次长长的倒抽气，之后便传来微弱的啼哭声。她还把手握着拳放到嘴边，皱着眉，咬着那个拳头。这一刻，她的情绪一清二楚，让玛丽娜意识到她俩的年龄差距，因为她不记得自己曾经对什么事情做出这样的反应：散发着完全感同身受的痛苦。

片刻之后，切拉站起来，走到沙发那边。她卷了一根大麻烟，整个过程中双眼还是那样失神空洞地流着泪，好像只是在下雨。她一次次压低声音说着："去他妈的。"玛丽娜也和她一起坐在沙发上，两人很沉默地抽着大麻，一人坐了沙发的一端，中间隔着一汪小小的黄色塑料"湖"，还摆了个烟灰缸，上面印着"芥末屋"几个字。两个女人都是脚不沾地：玛丽娜抱着自己的膝盖蜷成一团，切拉则盘着腿像在打坐。收音机里，妮娜·西蒙正温柔地将"爸爸""甜心""碗"一类的词融化进自己的歌声里。

我想他。玛丽娜心想。我这是多恶心啊！

她想念爸爸，就像想念不再住的房屋的亮光。这种缺失很微妙，但从不间断：他的愠怒如同幻肢。又或者不是愠怒，但他一定会让空气都紧张起来。还有紧张之后的释放。他狠狠地摔门走了，整个家就塌下来，筋疲力尽，仿佛做爱之后欲仙欲死，但这是在暴力之后的解脱。大家陷入非常被动的沉默，感觉仿佛迎来和平。

切拉哼哼笑了一声，鼻涕都流出来了。

"有一次，"她说着用下巴指指瓦加斯医生的肖像画，

"贝托半夜叫醒了诺莉亚，因为我痛得厉害。她穿着睡衣就来了，给我做了检查，说我是胀气了。她对我说的原话是，'别担心，切利塔[1]，我们把这个称为胀气，很快就过去啦。'她给了我促消化的药，好像是次水杨酸铋什么的，然后叫我上床睡觉。但是第二天我去医院一检查，原来是得了腹膜炎。"

"有一次，"玛丽娜说，"我爸爸用肥皂泡表演了个节目，只为我表演。"

那天有人租了整个餐厅办庆生会，玛丽娜在厨房里，一个小丑走了进来，想要一个装水的托盘。直到那个时候，玛丽娜都不介意做躲在厨房里的女孩。其实她挺喜欢这样的，因为她觉得自己比那些不工作的孩子更能干更高贵。但小丑这件事她挺介意的，玛丽娜解释，因为爸爸不允许他们出厨房，所以她和哥哥只能从弹簧门的圆窗上看表演。玛丽娜站在一个倒放的桶上，只要有服务员进出她就得让道。但后来，还是同一天晚上，餐厅里还有些气球，但椅子已经倒放过来要做清扫了，爸爸

1　诺莉亚把"切拉"错记成了"切利塔"。

却为她重现了表演，是比较小型和私人的版本。他让她在餐厅中间一张桌子上坐下，拿红酒杯装了一杯可口可乐给她，还把剩下的蛋糕都端到她面前（表面的糖霜上还留着小寿星女名字的一半）。小丑玩泡泡用的是两根棍子和一条绳子，而爸爸则在汤碗里装满热水和洗洁精。他把手伸进碗里打湿，然后把大拇指和食指指尖一摩擦，两个指尖相遇的一瞬间，就形成一层小小的薄膜。他吸了一口烟，再往指间的薄膜里呼气，就逐渐膨胀成弥漫着烟雾的泡泡。她真希望这些泡泡能持久一点啊！她记得最清楚的就是这件事：泡泡的持续时间非常短，比那些普通的泡泡更短，因为它们其实都没飘起来。她让爸爸不要做烟泡泡了，但他就想这么干。这是小丑表演的节目之一。泡泡带着点绿灰色，破灭的时候，会有一缕烟在空中停留一会儿，再消失掉。那时候玛丽娜还不抽烟，不了解那种心理，也无法像现在对切拉解说一样去欣赏这场表演：

"真是个有创意的聪明人啊，对吧？！能在给小孩办派对的时候光明正大地抽烟。换作今天，可不行了。"接着，玛丽娜又立刻补充道，"我希望我爸爸也抛下我们一走了之。"

"这不是你的真心话。"

"是真心话。他是个应该怀念而不该留下的父亲。到现在也是。"

"你到底想对我说什么？"

"没什么。"

玛丽娜想聊聊鞋子的事，那双怪异的皮鞋。

"你在哪里买的鞋呀？"

但切拉没理她。她双臂抱在胸前，手夹在腋下，向前斜着身子。"你觉得，"她非常认真地问道，很像玛丽娜的治疗师，"我明天该去敲皮娜的门吗？我是说，为了她，如果我去找她，对她有好处吗？"

但治疗师先生从来不会问她这种真正难以回答的问题。玛丽娜情愿再回到之前的话题聊她自己，也不愿意回答这个问题，即便聊自己还得用不熟悉的第一人称：她情愿被分析来分析去，也不愿意手里握着维系他人和孩子之间的纽带。她情愿切拉问的是别的问题，问她的体重都行。

玛丽娜眨眨眼，想装出困惑的样子；她想学切拉那个表情，把这个问题糊弄过去，聊聊别的事。她们不是在说她吗？是呀，在说她和她爸爸，或者在说瓦加斯医生，但没有说切拉，肯定也没在聊皮娜。不过，她同时也有点受宠若惊的感觉，切拉竟然问她的意见。但她最终毫不惊讶地意识到，这个问题让她很生气。

她很生气。真的很恼火。她快气疯了。这些不负责任的父母啊！她感觉双腿之中的碳水在剧烈跳动：那是愤怒，是激动。可丽饼开始在她的胆汁中发酵，她慢慢看清了这甜品背后的真正企图：切拉希望得到安慰。这些该死的父母，给些甜头，就想把负疚感一笔勾销了。什么有了孩子就能让一切好转；什么以生育作为权宜之计。对了，她自己也是考虑过这个问题的，她停了药，最后再看看吉娃娃到底愿不愿意和她同居，一起分摊生活费："组队打比赛。"她说。"说得好像忍耐你是一场比赛似的！"这是他说的话。他们上一次吵架时，玛丽娜请他"容忍她"。后来，当然是在治疗师先生的帮助下，她看清了这之间的联系：她想要有人容忍她，所以她总是玩票似的考虑让自己也成为一个容器，在自己肚子里制作生活的解药，能让他们高兴，能让他们继续留下来

（他说的比赛其实是个游戏，就像俄罗斯套娃一样）。然后呢？要是没奏效，你就收拾好东西，搬去热带。玛丽娜立刻又打消了这个念头。她想现在就吃药，免得吉娃娃又打电话来了，但切拉还在她面前，很认真地等着回答，像只狗狗一样。玛丽娜又看到了那匹野马，于是快跑几步跳上去，勒住了马的缰绳。

"你想听实话？"她的后颈在颤抖。

切拉说是的，微笑着鼓励她继续。切拉双颊上已经有了皱纹，玛丽娜到现在才注意到；两个半圆形的皱纹，并未让她的美削减丝毫，只是像证据一样存在在那里，证明生活不会完全按你的计划进行。

"说实话，我觉得对她不会有任何好处。"玛丽娜说。

她知道自己的方式又错了，但这种错的感觉很对。她甚至还挥动自己的手，就像治疗师解释事情时那样。

"她肯定因为你经历过很大的悲痛。如果她已经消化了这种情绪，已经度过了不同的阶段，你的出现，就是从她脚下抽掉那块遮掩的毯子。有些伤害是无法逆转的，我认为。"

切拉一直点着头没停，她点头很慢很慢，仿佛沉浸在玛丽娜的智慧中（至少在这一刻，玛丽娜真心相信自己拥有这样的智慧）。在继续这段独白前的瞬间，玛丽娜问自己，琳达会对此有什么意见：她会觉得玛丽娜是在帮皮娜的忙吗，因为切拉也是那种应该怀念而不该留下的母亲？或者她不会赞同玛丽娜的这种即兴发挥？反正，现在也为时已晚，回不了头了。玛丽娜感觉肺腑中升腾着一股小小的旋风，脑中积累的术语又像灯泡一样亮了。她把悲痛的阶段一一列出，带着优越感简短地讲了一下女孩子的恋父情结，还扯了些与失去母亲不太相关的艺术作品，比如《圣母恸子图》，只不过眼下的情况正好相反，是"女为母恸"。整个过程中，她心中有部分一直在说："别多管闲事啊，小女孩。"而另外一部分又朝心中那个哥哥比了中指，让她继续自己笨手笨脚的复仇（为所有受伤害的孩子）。她握住切拉的双手，告诉她："你已经伤害她了，不要再去毁了她，切拉。"

就在这时候，切拉又非常缓慢地停止了点头，松开盘着的腿，像折叠椅一样弯下腰去，穿上自己古怪的鞋子。她这些动作都做得很慢，玛丽娜看不出来她是要走，还是只是觉得冷。但接着切拉就站起来，朝门口走去。

玛丽娜终于明白过来，切拉确实把她说的话听进去了，她不会去敲三年未见的女儿的门，会直接离开小院。这时候，玛丽娜意识到那匹无形野马的价值，她意识到自己终于把想说的话说出来了，她心灵深处那怀着恶意却又令自己无比满足的话。切拉还没打开门，玛丽娜全身就涌上一股懊悔的感觉，也可能只是一种被抛弃的感觉。一切都沾染上星期天的那种特殊感觉：和玩伴的游戏结束了（这个游戏叫作"下午茶"）。接着，玛丽娜做出了自己所认为的"美学努力"，要集中精力，打心眼里欣赏和记住这些属于海神传说一般的最后时刻：这个美丽却溃不成军的海滩尤物用薄薄的纱巾围住脖子，把椅背上老式的外套拿起来穿上。接着，切拉开了门，捡起那个湿透了的垃圾袋，像披肩或兜帽一样裹在头上，真是最可怜的装备了。切拉要走了，玛丽娜还没告诉她（也永远不会有机会告诉了），自己其实名叫杜尔塞。然而，走出去关上门之前，切拉好像很笃定一样，微笑着露出唇边那两个圆括号一般的皱纹，对她保证说："你会上天堂的，亲爱的玛丽娜。"

　　重生娃娃都是手工制作的。做这些娃娃的人被称为
"重生者"。诺莉亚一下定决心要买个那种小娃娃，就在
20世纪90年代还不成熟的拨号互联网上做了些搜索研
究，选了一个重生者，她住在埃文河畔的斯特拉特福，
所以我们就去了那儿。有史以来第一次，我们的箱子里
装进了小小的0号衣服（而且都很有民族风情）。诺莉亚
把这些衣服作为礼物送给那位重生者，但我们其实知道，
都是给玛利亚的（她已经给娃娃起好名字了）。

"诺莉亚，"我说，"把一个穿着墨西哥民族服装的娃娃叫作玛利亚，就像把一条狗叫小狗，把酒吧叫小酒馆，把红酒吧叫红酒吧一样可笑。"

对此，她的回应是，玛利亚既不是宠物，也不是喝酒的地方，而且我说玛利亚是个娃娃，她觉得不太高兴，即便这的的确确就是一个娃娃，即便克里斯告诉我们，我们务必永远不要忘记她只是个娃娃。在诺莉亚看来，我们根本不可能忘记她是个娃娃，所以完全没必要每五分钟就自我提醒一下。所以，如果我们不把这个娃娃叫作娃娃，那不是更好吗？因为她不喜欢，就这么定了。我本来想抗议的，但她举起食指，用非常直截了当的语气，在我们已经飞往希思罗机场的途中说："向我保证，你再也不会那样叫她，至少在我面前不会。"

我保证了，但我也告诉她，叫"宝宝"让我觉得很不舒服。于是我们说好，就叫"姑娘"吧。我觉得"姑娘"听起来挺温和的。不，说实话，我感觉"姑娘"更讽刺。这个词给我一种希望（当然我老婆确保了我的希望只是种幻觉），觉得我能和这一切保持距离。对于我来说，"姑娘"是一件东西。然后呢，她们就变成了两件东西，再接着，就不可避免地变成了"姑娘们"。但那是后话了。

克里斯是美国人，女，诺莉亚在决定去斯特拉特福领养重生娃娃时跟她通过邮件。她会把克里斯的电子邮件读给我听，就是事无巨细地把这个人无聊到死的生活重述一遍。我不能说我对克里斯评价很高，而且她后来还开始单独给我发邮件，要求我理解我老婆的需求。自那之后我就真的发自内心地厌恶她。克里斯是个追求完美的娃娃收藏家，不用说，脑子肯定是有问题的。她收藏了五十多个重生娃娃，每个都在花园里拥有自己的卫生间。每个都取了姓与名，还都被分别设定了未来。

"×××会像你一样，做个医生。"诺莉亚利用在美国开心脏病学研讨会的时机去面见克里斯时，克里斯对她说。

那趟回来之后，我老婆向我解释说，（1）克里斯是个伪装得很好的变态杀手，你知道吧，就那种；（2）她要买一个属于自己的重生娃娃，不管我乐不乐意。克里斯也是个重生者，但技术很糟糕。决定去英国的很大一部分原因是不想惹到克里斯，诺莉亚说："要是我们从美国其他任何重生者那里订了货，她马上就能知道，把我们给揪出来。"我从来没去过英国，而且她在我面前也经常表露这种没由来的担忧，所以我根本没跟她争。

我们在伦敦待了三天，然后径直开车去了斯特拉特福，一路靠的边都错了。"我们"开车只不过是种说法，因为我连在右边开车都不会，别说换个边了。我负责看地图。我们入住了预订的旅馆，然后去见那个重生者，下了订单。我们最想确定的是，这位重生者的产品目录册里面会有个深色皮肤的模板，她不会用那种完全不合适的金发小白娃来敷衍我们。诺莉亚在没告诉我的情况下，带了一包我们童年时候的照片，这样那个重生者（她叫什么来着？玛丽莎？梅丽莎？我不知道，但她名字里肯定有两个 s，因为看到这个我的优越感就加倍了）可以从我们小时候的脸上汲取灵感。整个过程中，我有时候在窃笑，有时候又感到纯粹的恶心。说真的，当时我真的让人有点难以忍受。诺莉亚叫我去车上等着，独自一人完成了玛利亚的订购流程。

我还记得等待玛利亚重生的时候，我们住在斯特拉特福的一个旅馆，酒店后面有很多上了漆的木板，还有个小院子。花盆之间藏着一座实物大小的石猪雕像。我还记得台阶上铺着波斯地毯，让我特别困惑。到现在我也想不明白，到底这些地毯是定做的呢，还是现成的地毯，根据每个台阶的尺寸进行了修剪，然后钉在上面的？但我记得最清楚的是那里的早餐，用瓷盘子装着，上面盖着圆顶一样的金属盖子，整个感觉极其像在尊贵的皇家，完全不适合一个只有四个房间的朴素旅馆。每天晚上，你必须得在一张小小的单子上做好多记号，标出你希望第二天出现在你那个瓷盘子里的食物。诺莉亚和我每天晚上都勾选同样的食物：香肠、烤土豆、烤豆子（要加很多糖），我们建立起短暂却热烈的执念。我还记得回到墨西哥之后，我试过用古巴黑豆和黄糖来做，真是彻头彻尾的灾难。我通过纯经验主义的研究，发现食物的一个特点：食物都是爱国的。某种食物一旦走出了它的祖国，就不可能被复制了。

那个星期的一天晚上，诺莉亚宣布，她再也克制不住自己的好奇心了，于是给那个重生者打了电话，请她允许自己去看看"养成中的玛利亚"。真是个大错。看她在烤箱里的样子真是一点也不舒服，她整个都是散架的。

"她不是散架，"诺莉亚纠正我，"她只不过还是零件。"诺莉亚这个从来没有政治正确过的人，突然趾高气扬起来，我们面前的这个女人刚好也不懂西班牙语。梅丽莎，或者玛丽莎，除了一口让人听不懂的英语，别的什么语言都不会。但她身材高大，面带笑容，大笑起来特别发自内心，很有感染力，就连我这个一路上一阵阵爆发严重暴躁情绪的人，都会在她笑起来的时候跟着哈哈哈。说到底，我觉得自己暴躁情绪的根源，是总在质疑我老婆神经是否还正常，也在质疑自己是否正常，因为，就像我对妮娜·西蒙解释过无数次的那样，我们同时既是两个人，又是一个人。我们是同一个纲要，同一组汇编，一个毫无疑问作为整体的标准间。反正就是这类似的东西。

我说我们听不懂那个重生者说的每一个字，这话基本上是真的。比如，她把"呼吸器"说成"夫斯次"，只有把这个词写下来，我们才明白她到底在说什么。从那以后，我们也把那东西叫"夫斯次"了。那是个很简单的机械装置，安装到娃娃的胸腔里，启动之后，她的胸部就能有节奏地起起伏伏，也就是说，算是让她可以呼吸了。这是靠电池供电进行的呼吸。一开始我们说不需要，但后来，我们单独坐在酒吧壁炉前时，诺莉亚承认，她很想试一试。

"何乐而不为呢？我们反正都花了一大笔钱在这'姑娘'身上了，为什么不选最高科技、最时髦的加强版呢？"

她那么兴奋，那么有感染力，我甚至亲自当场用酒吧的电话给重生者打过去。我喝了点苏格兰威士忌，借着酒劲儿告诉她，我们还是想安"夫斯次"的：我们希望那"姑娘"可以"呼吸"。唯一的问题是，你没法在打电话的时候加强调的引号，可能当时我的讽刺语气就没那么强烈了。

之后我们再也没去找过玛丽莎（梅丽莎），一直等到正式的领养日那天。这期间我们去了很多花园和城堡，欣赏了大片翠绿的草地与两部莎士比亚戏剧。在"重生圈"里，他们都把这叫作"领养"，就是你第一次和自己的新宝贝面对面。难道父母和孩子第一次见面，不应该是孩子出生的时候吗？不然为什么还叫"重生"？按我的想法，他们应该是觉得娃娃在被组装好的那一刻起就出生了，那时候领养父母不在场，只有她的创造者在场。就是那个重生者，梅丽莎或者玛丽莎。然后呢，在被领养的那一刻，就是娃娃的"重生"（重生成了某人的宝宝，就像匹诺曹变成一个活生生的小男孩）。

玛利亚出生的时候，诺莉亚和我正在当地泡吧。我们在酒吧里一杯接一杯地喝啤酒，啤酒味道很浓郁，感觉就像喝着一杯杯鲜味汤。我们嘲笑着自己，笑得眼泪都出来了。但领养当天我们非常严肃。我浑身上下充满了一种只有在离家千里的地方才会产生的、自由解脱的感觉。我下定决心，要充分理解我老婆，并且享受这一切，就算只是为了让诺莉亚开心。梅丽莎（玛丽莎）拿着一个有透明塑料盖子的盒子，把玛利亚呈给我们。

不管你看多少莎士比亚，去多少艺廊展览，都不可能预想得到眼前的这种高度写实主义。所以很多人不喜欢高度写实主义，完全不认为那是艺术：对于他们来说，那是一种装腔作势、骄傲自满的风格，总能考验你的心智与感官。我们可以叫她姑娘、娃娃……想叫什么都可以，但玛利亚的样子完全就是个刚出生的婴儿，正如我就是个风烛残年的老头。我们"呜哇"乱叫地打开盒子，然后打开一瓶给重生者带的常温香槟，轮流去抱玛利亚。我们学会了给她穿衣服，给她洗澡，以及给她换电池。

和"姑娘"一起回到旅馆房间后，我们就打开几天前在伦敦买的推车，结果发现房间里放不下。于是我们试着看能不能换个更大的房间。我们没有细说到底怎么回事，但旅馆的人们显然一点都不欢迎玛利亚，因为他们立刻把我们赶出去了，根本看不出丝毫英国人著名的绅士风度。我们不知道该怎么办，开车回到梅丽莎（玛丽莎）的家，问我们能去哪里再找个旅馆。她先是哈哈大笑，接着又流了几滴泪（因为看见了玛利亚，她本以为永远见不着了呢），然后执意要我们在她家过夜。

那真是我这辈子最可怕的晚上。那个重生者在她的工作室弄了个充气床。床垫和床品都挺舒服的，但不管你翻身面向哪边，总能看到婴儿身体的某个部分。最最可怕的就是四肢和头，因为重生娃娃的躯干和骨盆都是用还算让人舒服的材料做成的，看着挺像针垫或布偶，所以也没那么可怕。然而，房间里还有胳膊腿什么的，乙烯材质，还是原始的样子，还没有上一层又一层的漆。有些则已经被添加了复杂的色泽，我也不知道哪种更可怕：像幽灵一样的白色部位，还是看着很像真人皮肤的那些。半成品娃娃就更不用说了，虽然还没完成组装，但已经很像真人了。为了能在睡觉时不觉得有人瞪着我，我只得把一件T恤非常非常小心地盖在一张桌子上，那儿有三个已经做好的娃娃头，很显然梅丽莎（玛丽莎）

正在往上面缝细软的宝宝头发，一个孔一个孔地缝上去。

诺莉亚和梅丽莎（玛丽莎）熬了夜，一直到凌晨才睡。她们喝茶又喝酒，和娃娃一起玩耍。天知道她们到底喝了多少。我只知道，当我醒来的时候，（1）各种各样的重生娃娃穿着传统的墨西哥节日盛装；（2）诺莉亚又买了一个娃娃。我当时急着逃离那个地方，没心思跟她争，而且钱也全是她出的，所以我闭着嘴什么也没说。

她们很温柔耐心地对我解释，这个"姑娘"呀，是有人领养之后又退回来的！像退一双鞋一样！诺莉亚给她取名克拉拉，至少一开始叫克拉拉，因为她有金头发白皮肤。如果你凑近了看，在她眼睛周围还能看到细细的血管。我知道这些血管是画上去的，但就是觉得其实是从她那苍白细腻的婴儿皮肤下透出来的，无论怎么努力也摆脱不了这种感觉。简言之，看着克拉拉，就和看着玛利亚一样，让人揪心，叫人不安。你等着她们呼吸的时候，自己搞不好都停止呼吸了。但克拉拉没有"夫斯次"，所以就算你满怀期待地坐在那儿，她也一动不动。到今天也是如此。某些日子里，只有"姑娘们"一动不动的样子，才能让我相信她们并不是活物。

和我认识的其他所有医生一样，诺莉亚自己是不看医生的。这是属于这些专科医生的倔强，他们觉得自己三十年前掌握的那些粗浅的全科知识能帮他们挡住一切病痛。诺莉亚总是自己进行病况评估、自我诊断、自我开药治疗，而且，还会在只瞥一眼的情况下，就对我进行病况评估、诊断和开药。只要那病跟心脏无关，她的诊断经常不准。当然，她对自己的误诊结果要糟糕很多，但至少有一次，她也把我折腾得够呛。应该是在1987年左右吧，我还记得当时小院的建设工程进行到一半，还没有"姑娘们"。某个周五，我突然觉得非常非常不舒服，诺莉亚立刻让我吃了扑热息痛，喝了热茶，一直到周一。等周二我醒来时，双眼已经变黄了。我那是得了严重的急性肝炎，最后侥幸活下来，多亏了当时立刻去医院，他们给我打上点滴，输了各种各样的药。而她自己就是拖了太久才去检查自己疼痛的地方。我之前还猜，一定是她的身体在抗议她对工作的那种无可救药的狂热。但等她终于去做检查的时候，身体里的癌症已经没法治了。

　　我们先小心翼翼地把玛利亚和克拉拉放回她们的盒

子里，然后把推车折起来，挥手向梅丽莎（玛丽莎）再见，开车去了机场。一路上我们听的那张专辑，基本上已经成了这趟旅程的专属音轨，因为是有人留在这辆租来的车里的。诺莉亚很喜欢那张专辑，里面的歌都太伤感矫情了，叫人有点起腻。也许，她只是想让"姑娘们"保留一些与过去的联系，因为开着开着，她突然宣布，她们的名字不再叫玛利亚和克拉拉了，而叫肯尼和G[1]。我问她知不知道肯尼是男孩的名字，她笑了起来。

"你当真？"我对她说。停下来加油时，我给她看了那张CD。

度假时从不戴眼镜的诺莉亚，之前是看到CD盒上音乐家的长头发，猜肯尼·G是个女萨克斯演奏家。她把专辑举到鼻子跟前，确定自己是百分之百错了，之后又想了一秒钟，说："没关系，名字不变。"

上了飞机，我们通过掷硬币决定谁叫哪个名字。克拉拉叫肯尼，就是无法呼吸的那个。有"夫斯次"的那个就叫G。我每三个星期就给她换一次电池，但自从阿

---

1 这两个名字由美国演奏家、音乐家肯尼·基（Kenny G）而来。

加莎·克里斯蒂给我打上"污染环境"的标签，那些电池就变成可重复充电的了。在充电器从黄变绿的这段时间，G无法呼吸。但我会让她和已经这样过惯了的肯尼并排坐在一起，让她来教她。我倒不指望有谁能信我这些话，但她俩还真是彼此的好姐妹。

诺莉亚决定做化疗，不是因为她觉得会有效，而是因为她不想成日里无事可做。好在，她也同意吃大量的抗抑郁药，让她生命的最后几个月过得还算平和。他们也给我开了同样的药。我到现在还在吃。快要吃完了，我就从书房找出还印着她的名字和各种药品细节的处方单，自己开一张。我会伪造她的签名，这是婚后学会的本领，那时候我只是个初级研究员，也没有租金收入，所以我们的生活开销全靠她的信用卡。

最近我把药量加倍了，告诉自己是在为我们两人吃。

和所有"只是个女儿"的女儿一样，诺莉亚和她妈妈之间的关系也让人看不懂。她总是碰到一点小问题就想给她打电话，但如果她妈妈本人一出现，光是她说话的声音、呼吸的节奏或者咀嚼的音量，就能让诺莉亚发疯。我跟她们一起吃了那么多饭，没有一顿不以她俩互相羞辱贬低而告终。只有在某些罕见的头脑清醒的时刻（通常是因为喝了酒，加上为自己某个粗鲁的回应而感到愧疚），诺莉亚才会承认，她自己也在无意中养成了一些习惯，重复着妈妈那些最让她烦躁的行为。比如，只买会把脚磨出水泡的便宜鞋子。

有一次我本来想指出她们母女俩其实挺像的，结果我老婆说："你有时候还真是洒了吧唧的，阿方索，你知道吗？"

我不喜欢那个得肝炎的故事，特别不喜欢诺莉亚当众讲。故事里面的我既没有男子气概，又没什么主见。我感觉这事证明了她对我想干吗就干吗，而我就乖乖任凭她摆布，既软弱又顺从。我那时候没有，现在也不会否认自己是个怕老婆的人，也总是公开承认，而且理直气壮一点也不觉得丢脸。但我觉得我做出牺牲的种种细节我俩知道就好了。我觉得得肝炎那个故事是特别私密的故事，每当在晚餐聚会上不得不听时，我总有种受到公开侮辱的感觉，就好像诺莉亚在对座上各位讲我们初次见面时，我被抱着就睡不着觉，但现在却是不抱着就睡不着。同时我还"皈依"了"拥抱教""周日穿宽松运动长裤教"，甚至"冻鱼教"（尽管知道这样会让维多利亚湖慢慢枯竭）。她甚至还说服我时不时地陪她看看浪漫轻喜剧。现在呢，为了入眠，我必须得在背后支两个枕头。但等我上了卫生间再躺回来，枕头不会拥抱我，也不会温暖我。上床之前我会对肯尼和G唱歌，给她们掖好被角。自从我们把她们带回墨西哥，诺莉亚每晚都要做这件事。

诺莉亚在晚餐聚会上绝口不提的一件事，就是"姑娘们"。以前我很感激她的沉默，现在我有点后悔。或者说，我不后悔，但我变了。从前，要是诺莉亚把"姑娘们"带到街上，我会觉得很不舒服，要到处跑来跑去确保邻居们不会看到我们推着推车走过。现在我真是一点也不在乎。我不在乎大家都觉得我是这一片的疯老头。几个月前，我开始带着"姑娘们"满院子走，要是有人感兴趣，就跟他们解释说，她们确实只是娃娃，不过是特殊的娃娃。结果，真正的小姑娘可喜欢我的"姑娘们"了。晚上，我把她们放在推车里出去转一圈，还快乐地吹着口哨。我还是不敢把她们带出小院，到大街上，但我计划很久了。

"你推她们出去走会很性感的！就像那种性感老爷爷。"

"你还真是爱花言巧语呢，亲爱的，谢啦。"

"带她们出去，对你有好处的。"

"我试试吧。"

诺莉亚所有的朋友都有孩子，她总是说："他们的生命都收缩了。"但说到那些和她一样的女人，就是那些"只是个女儿"的女人，她也会嘲笑："搞事业的女人！"一副居高临下的样子，还真是虚伪。

"你这是五十步笑百步啊！如果说真的有人一生都奉献给事业，那就是你啊。"我指出。

"我并没有把心脏病学当成事业。"

"没有吗？那你把它当成什么了呀？"

"一份职业。"她说，过了片刻，又狂笑起来。

朋友们向她保证说，事情并非如此，恰恰相反：有了孩子的调和，生命会得到扩展，变得更广阔，甚至无边无际。你活出双倍，三倍，最高倍的人生。你不会再也去不了戏院；而且无论怎么说，亲眼看着你生出来的那个孩子长大真是比各种各样的鬼戏剧精彩多了，她怎么能把这两者相提并论呢！

"哎哟，那叫一个高傲！"诺莉亚对我说，"她怎么敢把自己的臭小孩跟艺术相比？"但她立刻就收回了这话，"抱歉，这是很典型的'只是个女儿'综合征，把母爱和高傲混为一谈。"

但说实在的，诺莉亚并没有完全理解那些当妈的。她没有那个能力，就像我也没有能力完全理解她和"姑娘们"的关系。每次她邀请我进那个粉色房间时，我就会变得焦虑不安。那个空间里没有一样东西是对我胃口的，你一眼就能看出来，我特别格格不入，就像那些去沙特阿拉伯旅游的人，穿着当地的装束想溜进清真寺，结果被发现了，因为他们的举手投足、一举一动都写着大大的"游客"二字。哦，对了，我也是这样的。

我们没有孩子的人生，既不大，也不小。我也不知道该用什么尺寸来形容，就是正常。"姑娘们"来了以后，打开了一个我们之前没有的新世界。卧室里摆满了粉嫩甜美的小饰品、小玩意儿，正常来说我是很讨厌这些的。但说句实话，最近我进到那个房间，看到荷叶边啊、蕾丝花边什么的，感觉真好。我算是理解了吧。或者也许只是终于看清了。此生只有诺莉亚·瓦加斯·瓦加斯看得透我。现在呢，我根本无从得知，到底我有多大一部分是只存在于她的凝视中的。

诺莉亚患了癌症以后，我才开始觉得这些娃娃不只是娃娃，而是"姑娘们"。多年来我都支持诺莉亚去做那些异想天开的事情，但在心里还是保持着自己的距离，算是一种保护性的讽刺吧。诺莉亚想把楼上的房间给她们，我接受了。她想在墙上贴淡粉色和淡灰黄色相间的进口墙纸，我问自己，如果是她付钱，我有什么好吵的呢？她买了婴儿座椅，开始把"姑娘们"放在车后座上跟我们一起出行，我告诉自己，不要绝望，这只会让你更坚强。现在回望过去，随着"姑娘们"而来的大起大落的情绪，其实就像为我们本来已经对大多数事情习以为常的婚姻注入了青春的兴奋剂。有时候我为诺莉亚难堪，有时候又为她骄傲。有些时候感觉她这种小游戏很有趣，但有时候看到她在家里推着宝宝转圈，又让我心碎。这宝宝不是真的宝宝，也不是我的宝宝。

　　有一次，一位警官砸碎了我们的车窗，因为诺莉亚到银行办事，把"姑娘们"留在后座上了。警官以为自己做了英雄，之后诺莉亚只得偷偷给他塞了一点钱，疏导他因为救了两个假人而产生的怨恨。我一直觉得，自己这个很棒的老婆对"姑娘们"的照顾，算是她的小怪癖之一。不过也可能就是荷尔蒙上头一时冲动。似乎她在子宫中感觉到一种很独特的疼痛，这种疼痛又有外在的展现。当然了，瓦加斯·瓦加斯医生说出了一种与症状相符的病（一半是意大利语，一半是拉丁语），可以解释母亲和孩子一同经过时，"只是个女儿"的人感觉到的痛苦：子宫缺失。

　　这一切真是特别诡异，但也没什么害处。人们投来奇怪的目光时，我当然也会有点生气，产生一种兽性的冲动，想去咬住别人的咽喉什么的。我觉不觉得重生娃娃这事奇怪呢？当然觉得啦！但这又没伤害到谁，还让她更开心了。我可是占据了最有利的观察位置。在我看来，诺莉亚出现"子宫缺失"的症状太晚了点，这可能是个遗憾。但这症状把她彻底击碎了，而她找到了一些途径来消解自己感觉到的消沉，嗯，这恰恰可以说是一点也不奇怪，对吧？那是各种各样的母性冲动：她照顾"姑娘们"，其实就是在照顾自己。她自我掌控，认清了让她伤心的原因，然后找到走出悲伤的最佳缓和剂。从没有孩子的状态中走出来，变成熟（而那些只是个孩子的人不是很少能达到这种境界吗），这难道不是为自己负责吗？不过，要是我想祝贺诺莉亚做到了这样的事情，她总是回答："医生嘛，对吧？只不过想对症治疗而已！"

　　写到这里我要报告一条新闻：今天我带"姑娘们"去芥末屋了。还真是费了好大一番功夫。首先，他们说我带着"孙女儿"，不想放我进去。我解释说，她们都是玩具娃娃，结果他们不信。整个厨房的人（一共两个）都出来了，分别确认她们不是真的小孩，之后酒保才信了我。接着他以为我是要去酒吧卖掉她们，又闹了起来。最后我只能用诛心那一套，提醒他我对芥末屋有多么喜欢多么忠诚。一番奚落和道歉之后，他们终于让我进去了。我一直走到常坐的那张桌子边，肾上腺素才停止飙升。我感觉到骨子里的疼痛。浑身燥热，心烦意乱，满脸涨红。我急急地喝酒，每喝一口就越来越看清我推着车走进来的那一刻别人眼中的自己：一个荒唐可笑的老头。

但接着琳达来了，就仿佛这世界上最自然而然的事情一样，我抱起一个"姑娘"，她抱起另一个。我们把她们抱在怀里聊天。接着我浑身充满了一种全新的快乐，甚至可以用"得意"来形容。

"这是我的权利，"我想说，"寻找爱的寄托是我一个老光棍儿的权利。这爱的寄托不是别的什么人，而是不会死去的东西。"

但现在，快乐和得意的感觉都过去了，下午四点，我待在书房里，喝得醉醺醺的。阳光太强烈了，把家具上的灰尘全照得无所遁形。我强迫症般一圈圈踱步，心想：（1）应该拿起拖把开始干家务活了，要在其中寻找到相对的平和；（2）这些鬼东西都不是我选的啊！

我想要孩子。要很多。好多好多。或者至少有那么几个吧。至少一个。一半。一丁点。

这不是我第一次这么想了，但这还是我第一次不想删掉这些话。

苋米，这种我为之失去理智的植物，味道淡淡的。不但"无鲜"，而且"无味"。自欺欺人有着巨大的能量，这是毋庸置疑的。我的味觉一直挺细致的，怎么会一直以来只看到鼻子底下的东西呢？也许你必须到了我这个年纪，才能看清生活的真相，看见你为之奉献一生、倾注所有精力的东西中其实包含着小小的讽刺。然后，你就得好好估量一下：这种荒谬到底多长、多宽、多高。但最后你还是只能哈哈大笑了之。对此生的一切你都只能哈哈大笑了之。

　　"那是我说的话呀，讨厌！"

　　"诺莉亚，你来了，我真高兴。我想你了。我有很重要的事情要告诉你。"

　　"洗耳恭听。"

　　"'姑娘们'和我今天要在院子里干些活儿。农地已经没戏了，苋米反正也没什么味道，这气候也种不出木瓜，所以我会把你一直想要的那个'极可意'安上。"

　　"哇哇，阿方索，你不知道我有多羡慕嫉妒！"

　　"你在那边没有极可意浴缸吗？"

　　"没有。不过跟你说件高兴的事，我们都是全裸着身子到处走。"

　　"你也会变成鱼吗？"外婆帮我穿睡衣的时候，我问她。

　　"不，那是外公的基因，我是没有的。"

　　"所以你就把他的骨灰撒到湖里了吗？"

　　"是啊。"

　　"安娜知道这事吗？"

　　"不知道，"外婆说，"你的哥哥们也都不知道，只有你知道。"

她让我抚摩着她一只手比较软的那一面，用另一只手把我卷卷的头发绕在手指之间，然后又放掉，因为她喜欢看那些头发弹回去。她解释所有问题时说的都是英语，但我反正听懂了。她说妈妈还是小女孩的时候，会在每周中间变成一条鱼，她就帮她请假不上学。现在，我妈妈穿着睡衣进来了。她全身都干了，只有头发还是湿的，她的湿头发有两种颜色：弯曲的地方是黄色的，直的地方是棕色的。妈妈指着我的睡衣。

　　"蘑菇！"她说。

　　我穿的是西奥的一件旧T恤，那时候他满脑子只想着"超级马里奥兄弟"。

　　"你后院里怎么没有这样的蘑菇呀？"我问外婆。

　　"这叫毒蝇鹅膏菌，"她告诉我，"很漂亮，但是能要人命。"

　　"而且它们都是用鼻子说话的！"妈妈说。

　　"它们不用鼻子说话。"外婆说，然后从床上起来，把我妈推出了房间。她们都向我抛来飞吻，我伸手接了，但没有全接住：有的落在被子上了。拉上窗帘之前，外婆问我要不要把灯开着，我说不。

"你会成为一个很勇敢的小姑娘呀。"她说，然后把灯关掉了。她们走了，我听到她们一直咯咯笑着，到后面就没声音了。

我躺在床上想着："什么时候呢？"然后给我自己唱了一首歌，要现在就勇敢起来。

"毒蝇"，歌是这么唱的，"毒蝇鹅膏菌，毒蝇马里奥毒蝇……"但是没用。也许我用吸管在水下待上一百秒，我就勇敢了。我要么变勇敢，要么变成一条鱼。要不就都实现：我会变成一条勇敢的鱼，游到湖底"鲜皇"住的地方。不知道他的城堡像不像书里的城堡那么漂亮。

我也不知道妈妈什么时候来睡的，但我一睁开眼睛就是白天了，我的胳膊上压了一只黏糊糊的胳膊。我跟她说话，但她没搭理我。我挠她痒痒，结果她朝我抱怨了两声，我就一点也不想叫醒她了。我下了床，地板被踩得吱呀叫。皮娜在客厅的沙发上睡觉。我不知道安娜在哪儿。我在厨房里找到外婆。她在煎培根，让所有的东西闻起来都有种星期天的味道。

"嘿，小朋友，"她说，"你睡得怎么样呀？"

我跟她说睡得很好，但我撒谎了。其实我做了噩梦，只是想不起来了，而且我很热，出的汗弄湿了我的蘑菇T恤，现在前廊上的凉风吹得我冷飕飕的。

　　"我的衣服呢？"我问她。

　　"肯定在卫生间。你想吃热香饼吗？"

　　"想吃。"

　　"我可以给你做个特殊形状的热香饼。你想要什么形状？"

　　嗯……我想了想。我想让她做个难一点的形状，但又不要太难。

　　"你能不能做一棵有孩子的树，但它的孩子们不是那种正常树上的树叶，是蘑菇的那种？"

　　"一棵树，树上的小叶子其实是蘑菇。"

　　"嗯嗯，但不要毒蘑菇。"

　　"明白了。你要培根吗？"

　　"行，但是我要先去换衣服。"我跟她说好，就走到卫生间去了。

　　我坐在马桶上，突然想到，要是我拉个粑粑，然后冲了水，立刻跑到院子里，说不定能看到粑粑经过池塘系统呢：从一个过滤池，到另一个，再到另一个，水从黑色变干净。我坐了一会儿，很使劲儿地试了一下，但除了尿了点尿，别的什么也没拉出来。安娜打开门说："你的热香饼好啦。"我说还是她吃了吧，因为我还没换好呢。她特别高兴地走了。接着妈妈进来了。她脱掉自己的衣服去冲澡了，不过戒指还挂在脖子上，因为她从来不摘。

我问她，今天星期天啊，她为什么这么不高兴。"因为那些粗糙的、巨大的、不好的……反正就是因为蘑菇啦。"

她背着我吃了蘑菇，我很生她的气，而且她还说了和外婆一模一样的话："只有大人才能吃。"

我问她是不是会困，会大笑，会看见平时看不到的东西。她说她看到了切拉，她很好，她也向她问了好。但她叫我不要告诉皮娜。我看不出来她是不是在哭，因为她用水蒸气和浴帘施了"脏眼法"，但最近大家都在为切拉哭，或者生她的气，或者把头埋在双手之间。我也不知道她写的那封信里说了什么。安娜说，就连皮娜都不知道。但我不信。不过我也不敢问皮娜。

"切拉的信说什么了？"我问。

"说她走了。"妈妈说。

"她总是在走啊。"我说。

"好像这一次她是不会回来了。"

"可以这样的啊，我都不知道。"

"你是我的露丝，我闪亮亮的星星，你懂吗？"

我告诉她我懂，算是懂吧。然后她问我干吗还坐在马桶上，是病了吗？我解释了自己的想法，想看粑粑穿过池塘，她说我可以试试。

"但我没有粑粑，"我对她说，"什么都拉不出来。"

她叫我吃完早饭再试试。所以我擦了屁股，冲了水，然后踮着脚洗了手又擦干。做这些的时候，我跟妈妈解释说，我会变成一条鱼，游到湖中间，潜进去，去找"鲜皇"玩，许下一个愿望，请他把我变得勇敢一点。

妈妈有好一会儿没说话，她肯定是在想我的计划。但她把头从帘子后面探出来的时候，只是说："我是不是已经洗过头发了？"

图书在版编目（CIP）数据

生命的滋味 / (墨) 莱娅·胡芙蕾莎著; 何雨珈译
. -- 福州: 海峡文艺出版社, 2019.12
　　ISBN 978-7-5550-2097-4

　　Ⅰ.①生… Ⅱ.①莱… ②何… Ⅲ.①长篇小说－墨
西哥－现代 Ⅳ.①I731.45

　　中国版本图书馆CIP数据核字 (2019) 第253884号

UMAMI BY LAIA JUFRESA
Copyright © 2014 by Laia Jufresa
Published by arrangement with VicLit Agency, through The Grayhawk Agency Ltd.
Simplified Chinese edition copyright © 2019 United Sky (Beijing) New Media Co.,Ltd.
All rights reserved.

著作权合同登记号: 图字 13-2019-048

生命的滋味
〔墨西哥〕莱娅·胡芙蕾莎 著; 何雨珈 译

出　　版: 海峡文艺出版社
出 版 人: 林玉平
责任编辑: 蓝铃松
编辑助理: 张琳琳
地　　址: 福州市东水路 76号 14层 邮编 350001
电　　话: (0591) 87536797 (发行部)
发　　行: 未读 (天津) 文化传媒有限公司

选题策划: 联合天际·文艺家工作室
特约编辑: 刘 默　王书平
美术编辑: 程 阁
装帧设计: lemon

印　　刷: 三河市冀华印务有限公司
经　　销: 新华书店
开　　本: 787 毫米×1092 毫米 1/32
印　　张: 11.5
字　　数: 168 千字
版次印次: 2019 年 12 月第 1 版　2019 年 12 月第 1 次印刷
书　　号: ISBN 978-7-5550-2097-4
定　　价: 48.00 元

关注未读好书

未读 CLUB
会员服务平台